왜 사회 공부 안 하면 안 되나요?

왜 사회 공부 안 하면 안 되나요?

1판 1쇄 펴냄 2014년 11월 27일

지은이 정누리
그린이 유명희
편집 박경화, 최민경, 황설경, 이은영, 유나리
마케팅 송만석, 한아름

펴낸이 하진석
펴낸곳 참돌어린이

주소 서울시 마포구 독막로 3길 8
전화 02 - 518 - 3919
팩스 0505 - 318 - 3919
이메일 book@charmdol.com
신고번호 제313 - 2011 - 157호
신고일자 2011년 5월 30일

ISBN   978-89-97592-67-8   64800

왜 사회 공부 안 하면 안 되나요?

정누리 지음 · 유명희 그림

성용구(한국열린교육학회 회장) 감수

참돌어린이

감수글

　여러분이 살고 있는 21세기의 평범한 하루를 떠올려 보세요. 신호등에 녹색등이 켜지면 횡단보도를 건너 학교에 가고, 수업 시간에는 선생님 말씀을 들으며 공부를 하지요. 방과 후에는 문방구에 들러 필요한 학용품을 사고, 우연히 마주친 동네 어르신께는 예의 바르게 인사를 하고요. 집에 오면 엄마가 차려주신 맛있는 저녁을 먹고, 따듯한 잠자리에서 안전하게 잠들어요.

　그런데 여러분이 만약 원시 시대에 살고 있다면 어떻게 될까요? 여러분이 규칙도 없고, 학교도 없고, 물건을 사고팔지도 않고, 예의범절도 없는 무법천지의 세상에 살고 있다고 상상해 보세요. 어디에서 무엇을 구해 먹어야 할까, 어디에 가면 더 따듯하게 잘 수 있을까를 늘 고민했겠지요. 힘이 약한 친구라면 무서운 짐승의 먹이가 되거나 먹을 것을 구하지 못해 굶어 죽을 수도 있어요. 겨우 먹을거리를 구해도 힘센 친구에게 빼앗길지도 모르고요. 이렇게 생각하면 원시 시대에 비해 현대에 사는 여러분은 많은 것을 누리며 안전하게 살고 있는 셈이에요.

　하지만 이 모든 것들이 단지 과학 기술이 발달했기 때문에 바뀐 것은 아니랍니다. 더 행복하게 살기 위해 서로 협동하고, 지켜야 하는 규칙을 만들고, 과거와 현재를 기록해 미래에 도움이 되도록 노력했던 이전 세대들의 노력이 있었기 때문에 오늘날의 삶이 가능한 것이에요.

초등학교 사회 과목에서 배우는 정치, 경제, 지리, 역사 등의 교과 내용은 이렇게 인류가 긴 세월 동안 쌓은 지혜의 정수예요. 다양한 사람이 함께 사는 사회가 어떤 규칙에 의해 움직이고 있는지, 지역에 따라 다른 자연환경의 특징이 경제, 문화 등 인문 환경과 어떤 연관이 있는지 등 삶에 도움이 되는 지식을 배우고 활용하는 과목이지요.

그렇기 때문에 사회 과목은 미래를 이끌어 갈 여러분에게 특히 중요한 과목이에요. 이 책을 통해 사회 공부의 필요성을 알고, 어떻게 사회 과목에 흥미를 가지고 접근할 수 있는지 배워 보세요. 그리고 책에서 알려 주는 재미있는 사회 공부법을 통해 여러분의 미래를 준비해 보세요.

겨울이 성큼 다가온 어느 날

성용구

차례

PART 1

왜 사회 공부
안 하면 안 되나요?

1 더 슬기로워질 수 있어요

"어머, 우리 지수 키가 그새 많이 자랐네! 137센티미터야."

지수의 키를 재던 엄마가 말씀하셨어요. 지수는 신이 났어요.

"우아! 그럼 전 이제 언니랑 키가 비슷해진 거네요? 누가 언니인지 모를 수도 있겠어요!"

그런 지수를 보며 거실에서 책을 읽던 언니 지영이가 말했어요.

"그런다고 진짜 언니가 되는 건 아니야."

"피, 말이 그렇다는 거지, 뭐!"

그때, 아빠가 일찍 퇴근해 들어오셨어요. 아빠는 가방을 내려놓으시며 말씀하셨어요.

"여보, 나 다음 주말에 출장을 가게 됐어."

"아빠, 어디 가세요? 주말에 아빠가 안 계시면 심심한데……."

지수가 아쉬운 목소리로 말했어요. 아빠는 그런 지수의 머리를 쓰다듬으셨어요.

"강원도로 가는 거니까 금방 올 거야. 지수는 언니랑 싸우지 않고 사이좋게 잘 있을 거지?"

아빠의 당부에 지수는 입을 삐죽거렸어요. 그런데 지영이는 강원도라는 말에 흥미가 생겼어요.

"아빠, 강원도 어디로 가시는데요? 저희도 같이 가면 안 돼요?"

"다 같이?"

아빠가 생각에 잠기자 엄마가 반가운 듯 말씀하셨어요.

"그거 좋은 생각이다. 아빠 일하시는 동안 우리는 근처에서 관광하고 있으면 되니까."

그러자 지수가 끼어들었어요.

"엄마, 강원도가 어딘데요? 강원도는 먼 데 아니에요?"

그런데 엄마 대신 지영이가 대답했어요.

"강원도는 경기도 바로 옆이야. 광주 할아버지 댁보다도 훨씬 가까워."

지수는 언니가 가 본 적도 없는 강원도의 위치를 알자 신기했어요.

그러자 식구들의 이야기를 가만히 듣고 있던 아빠가

말씀하셨어요.

"그래, 강원도가 먼 곳은 아니니까 다 같이

다녀오는 것도 좋겠다."

"와아! 그럼 다 같

이 놀러 가는 거예

요? 만세!"

지수는 좋아서

만세를 불렀어요.

그날 저녁부터 지수네 가족은 여행 계획을 세우기 시작했어요. 어디서 묵을지, 어떤 곳을 둘러볼지, 무엇을 먹을지 의견을 모았지요. 지수는 하고 싶은 것이 너무 많았어요.

"난 시원한 데가 좋더라! 저희 시원한 곳으로 가요, 네?"

"시원한 곳? 그럼 산으로 가야겠네?"

지영이의 말에 지수는 의아한 표정으로 물었어요.

"시원한 곳은 당연히 바다지! 산이 왜 시원해?"

"높은 산은 오히려 평지보다 시원해. 강원도는 고산 기후 지역이라, 평지에 있는 다른 지역보다 서늘하댔어."

"엄마, 언니 말이 사실이에요?"

지수는 언니 말을 믿지 못하고 엄마에게 물었어요. 엄마는 고개를 끄덕이며 말씀하셨어요.

"응, 언니 말이 맞아. 강원도 산속에서는 여름에 에어컨을 켜지 않아도 될 만큼 시원하다더라."

물놀이를 해야만 시원할 거라고 생각했는데 그렇지 않다니, 지수는 놀랐어요. 그리고 강원도에 대해 잘 아는 언니가 똑똑하게 보이기 시작했지요.

지영이의 의견에 따라 지수네는 강원도 산속의 예쁜 펜션으로 숙소를 정했어요. 저녁에 무제한으로 고기구이를 주는 곳이래요. 일정을 짜면서 지수는 숙소 근처에 있는 워터파크도 가고 싶고, 놀이동산과 뷔페도 가고 싶다고 했어요. 워터파크에서 입을 새 수영복도 필요하다고 엄마, 아빠를 졸랐지요. 곤란해하는 엄마를 위해 지영이가 나서서 말했어요.

"네가 하고 싶은 걸 다 하려면 여행에 돈이 너무 많이 들잖아. 나도 여행 갈 때 샌들 하나 사고 싶은데……. 네가 하고 싶은 걸로만 계획을 세우게 되면 누군가는 하고 싶은 걸 할 수 없게 되는 거잖아."

"돈은 나중에 아껴 쓰면 되잖아. 이번엔 꼭 다 하고 싶단 말이야."

지수는 금방이라도 삐칠 것 같은 표정이 되었어요.

"나중에 언제? 그때도 꼭 사고 싶은 게 생기면 어떻게 할래? 그러니까 늘 계획을 세워서 제일 필요한 것 위주로 돈을 써야 하는 거야. 그래야 다음번에도 사고 싶은 걸 또 살 수 있지."

지영이가 타이르듯 말하자 지수는 할 말이 없었어요. 바른 말만 하는 언니가 평소보다 똑똑해 보여서 샘도 났지요.

주말이 되자 지수네는 설레는 마음으로 여행길에 올랐어요. 지수가 가고 싶어 하던 워터파크도 가고, 지영이가 조사한 강원도 특산물들도 맛봤어요. 신 나게 놀다 보니 금방 해가 저물고 저녁이 되었지요. 지수네는 서둘러 예약해 둔 숙소로 향했어요. 온종일 돌아다녀 피곤했지만, 맛있는 고기를 마음껏 먹을 수 있을 거라고 생각하니 매우 좋았어요.

그런데 지영이네가 짐 가방을 들고 펜션에 들어서자, 주인아주머니가 깜짝 놀라며 호들갑을 떠는 것이었어요. 아주머니는 지영이와 지수를 번갈아보며 말씀하셨어요.

"어머, 이렇게 큰 애들이 둘이었어요? 추가 요금을 더 주셔야 할 것 같은데요."

"네? 전화로 예약할 때 2학년, 5학년 애들이라고 말씀드렸잖아요."

"2학년이래서 전 아주 작은 애인 줄 알았죠. 저희는 무제한으로 고기구이도 드리니까, 이렇게 키가 큰 애는 돈을 더 주시지 않으면 곤란해요."

예상치 못한 아주머니의 요구에 엄마와 아빠는 당황하셨어요. 그때 지영이가 말했어요.

"아주머니, 그렇다면 홈페이지에도 그렇게 써 놓으셨어야지요. 만 9살 이하는 어린이 요금이라고만 써 놓으셨잖아요."

그러자 주인아주머니는 손사래를 치며 말씀하셨어요.

"얘야, 그건 그만큼 작은 아이들을 말한 거지."

"홈페이지에는 작은 아이, 큰 아이에 대한 기준이 없었는걸요? 그리고 전화로 예약할 때는 그런 이야기를 안 하셨잖아요."

그러고는 엄마에게 이야기했어요.

"엄마, 이럴 땐 한국소비자원에 문의해야 한다고 선생님이 그러셨어요."

지영이의 이야기를 들은 주인아주머니는 갑자기 난처한 얼굴이 되었어요. 그러고는 추가 요금을 받지 않기로 하셨지요.

지수는 자신과 키가 비슷한 언니가 커다랗게 보였어요. 뭐든지 잘 아는 언니가 없었다면 이번 여행은 어땠을까요? 고기구이를 먹으며

지수는 마치 자기 자랑을 하듯이 신이 나서 이야기했지요.

"아빠, 언니는 정말 똑똑한 것 같아요. 모르는 게 없어요."

아빠도 지영이를 대견해하며 말씀하셨어요.

"그래, 오늘 보니까 지영이는 모르는 게 없는 것 같더구나. 평소에 사회 공부를 열심히 했나 보구나!"

아직 사회 과목을 배우지 않은 지수는 사회가 어떤 과목인지 궁금해졌어요.

"엄마, 사회는 어떤 과목이에요?"

그러자 엄마가 말씀해 주셨어요.

"사회는 우리가 사는 세상에 대해서 배우고, 삶에서 필요한 지식을 이해하는 재미있는 과목이야. 언니처럼 열심히 사회를 공부하면 오늘처럼 살아가는 데에 큰 도움이 된단다."

지수는 빨리 학년이 올라가서 사회 과목을 배우고 싶어졌어요. 그리고 그때 다시 가족 여행을 간다면 언니처럼 멋진 활약을 하겠다고 마음먹었답니다.

우리가 사회 과목을 배우는 이유는 사회에서 더 잘 살아가는 방법들을 알기 위해서예요. 사회는 여러 사람이 다양한 일을 하면서 함께 살아가는 공간이기 때문에 여러 가지 복잡한 일이 일어나지요. 사회의 다양한 모습을 배우며, 사회의 당당한 주인공으로 살아가기 위한 준비를 하는 과목이 바로 '사회'라고 할 수 있어요. 그러면 사회는 무엇을 위한 과목일까요?

사회는 이 세상과 사람들에 대한 지식들을 가르치고, 그것들을 바탕으로 우리가 올바르고 합리적인 생각을 할 수 있게 도와주는 과목이에요. 때문에 사회 공부를 할 때에는 스스로 많은 생각을 하고 자신의 의견을 갖는 것이 중요해요. 단순히 지식을 배우고 암기하는 과목이 결코 아니에요.

초등학교에서 배우는 사회 시간에는 자신의 권리를 지키고 다른 사람들과 어울려 살아가는 법, 사회적인 문제들을 합리적으로 해결하는 법 등을 배워요. 그리고 지리나 경제, 역사, 다른 문화 등에 대해서도 폭넓은 지식을 갖추도록 만들어 주지요. 그러한 지식들은 여러분이 살아가면서 늘 현명하고 올바른 결정을 할 수 있도록 도와준답니다.

앞으로 사회 시간에 어떤 내용들을 배우게 될지 간단하게 알아볼까요? 처음 사회 과목을 배우는 초등학교 3학년 때에는 자신이 살아가는 고장에 대해 배우게 돼요. 고장의 자연환경이나 산업, 주민들의 생활 모습 등을 알아보게 되지요. 4학년 때는 여러 지역의 자연과 인문 환경에 대해 배우게 되고 옛것의 가치를 되돌아보는 시간을 가져요. 그리고 문화와 경제, 정치 공부를 시작하기 위한 기초도 다지지요. 5학년 때는 우리나라의 역사를 처음부터 끝까지 훑어보게 돼요. 우리 민족이 세운 고대의 국가들부터 대한민국의 형성까지의 과정을 배우게 되지요. 마지막으로 6학년이 되면, 우리가 현재 살아가는 사회에 대해 여러 방향으로 알아보게 되어요. 우리나라 전역의 지리적 특징과 사회, 경제적 상황에 대해 자세히 배우고 세계화, 정보화의 물결에 대처하는 올바른 자세에 대해서도 알아보지요.

지영이의 활약을 보고 어떤 생각을 했나요? 사회 과목에서 배우는 내용들이 우리의 삶에 실제로 어떻게 도움이 되는지 느꼈나요? 여러분도 사회 공부를 통해 지영이 같은 척척박사가 되어 보세요.

2 다른 사람을 잘 이해할 수 있어요

영주는 아름다운 제주도의 해변을 보며 기분이 한껏 부풀었어요. 이곳에서 일주일간 즐거운 시간을 보낼 생각을 하니 기분이 좋았지요. 평소에 영어 공부를 열심히 한 영주를 위해 엄마가 국제 어린이 캠프에 보내 주셨거든요. 여러 나라의 또래 친구들이 모여서 이야기도 나누고 각 나라의 문화도 알 수 있는 곳이지요.

영주는 배정받은 방을 찾아 들어갔어요. 방에는 먼저 온 친구들이 짐을 풀고 있었어요. 얼굴을 보니 다른 나라에서 온 친구들이 많았어요. 영주는 새로운 친구들에게 인사하고, 마음에 드는 침대를 골랐어요. 잠시 후, 방으로 또 다른 친구가 들어왔어요. 동양인 같기도 하고, 서양인 같기도 한 신비로운 외모의 여자아이였지요. 그 아이는 마지막 남은 침대인 영주의 옆 침대에 가방을 내려놓았어요. 그리고는 방을 이리저리 둘러보더니 영주에게 다가와 말을 걸었어요.

"안녕? 난 카자흐스탄에서 온 루슬라나라고 해."

"아, 반가워. 난 김영주야. 한국 사람이야."

영주가 대답하자 루슬라나는 대뜸 부탁이 있다고 했어요.

"괜찮으면 나랑 침대를 좀 바꿔 주지 않을래?"

영주는 당황했어요. 처음 만난 사이인데 부탁부터 하는 것이 이상했어요. 또 캠프에 와서 잠자리를 까다롭게 가리는 것도 좋아 보이지 않았어요. 그러자 루슬라나가 설명했어요.

"나는 이슬람교도야. 그래서 매일 메카가 있는 서쪽 방향으로 절하고 기도를 해야 해. 그런데 네가 서쪽 침대를 쓰면 내가 너를 향해서 매일 절을 하게 되니까 네가 불편할 거야."

영주는 실제로 이슬람교도를 만나는 것은 처음이라 조금 놀랐어요. 아무튼 루슬라나가 매일 자신을 향해 절을 하는 것은 싫었기 때문에 침대를 바꾸어 주었지요.

다음 날, 영주는 같은 조가 된 친구 우진이에게 어제의 일을 이야기해 줬어요. 우진이는 이슬람교도라는 말을 듣고 깜짝 놀랐어요.

"이슬람교도라고? 폭탄 테러를 하는 사람들 아니야? 어휴, 얼굴은 예쁘게 생겼는데 이슬람교라는 이야기를 들으니 왠지 무섭네."

그러자 옆에서 듣고 있던 일본인 친구도 관심을 보였어요.

"이슬람 국가들은 여자들이 전부 얼굴을 가리고 다니는 줄 알았는데 그렇지는 않구나."

영주가 친구들과 이슬람교 이야기로 수군대자, 저 멀리에 있던 루슬라나가 이쪽을 돌아보는 것 같았어요. 강당 안은 아이들의 이야기 소리로 시끄러웠지만, 영주는 루슬라나가 이야기를 들었을까 봐 왠지 마음이 뜨끔했어요.

저녁이 되자, 캠프 선생님을 따라 영주네 방 아이들은 제주도 시내로 놀러 나갔어요. 외국에서 온 친구들은 한국의 거리 구경만으로도 즐거웠어요. 저마다 기념품을 사고 사진도 찍느라 바빴지요. 선생님

은 아이들에게 저녁은 무엇을 먹고 싶냐고 물으셨어요. 캐나다에서 온 제시카가 말했어요.

"제 친구가 이 섬에 오면 흑돼지 구이를 꼭 먹어야 한댔어요."

"흑돼지 구이라고? 맛있겠다!"

돼지 구이라는 말에 아이들은 환호했어요. 그런데 루슬라나는 표정이 좋지 않았어요. 선생님은 루슬라나에게 물어보셨어요.

"루슬라나, 너는 돼지 구이 말고 다른 게 먹고 싶니?"

"선생님, 사실 저는 돼지고기를 먹을 수 없어요. 저희 종교에서는 돼지고기를 먹는 게 금지돼 있거든요."

선생님은 잠시 고민하셨어요.

"그렇구나. 얘들아, 그럼 우리 모두가 먹을 수 있는 다른 음식을 찾아보자꾸나."

아이들은 흑돼지 구이를 먹지 못한다는 말에 실망했어요. 하지만 곧 선생님을 따라 갖가지 생선을 맛볼 수 있는 음식점으로 가 저녁밥을 먹었지요.

선생님과 영주네 방 아이들은 저녁 늦게 숙소로 돌아왔어요. 모두들 지쳐 있었지만 씻을 순서를 정하고 자기 순서를 기다렸어요. 루슬라나가 자신의 차례에 욕실로 들어가자 같은 방 친구 미나가 아이들을 보고 말했어요.

"루슬라나 말이야. 진짜 까다롭고 이상하지 않니? 첫날은 침대도 마음에 안 든다고 바꿔 달라고 하질 않나. 매일매일 절하고 기도하는 것도 유난스러워 보여."

그러자 제시카도 아쉬운 목소리로 이야기했어요.

"난 흑돼지 구이를 꼭 먹어 보고 싶었는데……. 쟤랑 같은 방이 아니었다면 먹을 수 있었을 거야."

다들 흑돼지 구이를 못 먹은 것이 정말 아쉬웠는지 고개를 끄덕였어요. 미나가 다시 얼굴을 찌푸리며 말했어요.

"내가 책에서 옛날에 일어난 십자군 전쟁에 대해 읽은 적이 있거든? 이슬람교도들이 크리스트교 신자들을 상대로 먼저 전쟁을 일으킨 거래. 미국에서 일어난 9·11 테러도 그렇고. 정말 종교를 위해서는 뭐든 하는 무서운 사람들이야."

'십자군 전쟁은 이슬람교도들이 먼저 일으킨 전쟁은 아니라고 배

왔는데……'

영주는 미나의 말이 심하다고 생각했어요. 하지만 미나의 말에 아이들은 술렁이기 시작했어요. 루슬라나와 같이 있는 게 무섭고 불편하다고 말하는 아이도 있었지요. 그러자 미국에서 온 중국인 친구 제니가 말했어요.

"정말 무서운 건 루슬라나가 아니야! 우리는 루슬라나도, 루슬라나의 나라 사람들도 잘 알지 못해. 그런데 우리랑 다른 행동을 한다고 나쁘게만 보고 있잖아. 다른 나라에서 왔으니까 문화가 다른 건 당연한 거 아니니?"

제니의 말에 아이들은 대꾸를 하지 못했어요. 미나가 무언가 변명하려는 것 같았지만 제니가 다시 말을 이었어요.

"내가 처음 미국에 갔을 때 미국 친구들이 딱 지금의 너희 같았어. 다들 내가 중국인이니까 쿵후를 하고 개구리도 먹는 줄 알았대. 심지어 중국어 발음이 웃기다면서 놀려 대고 같이 놀지도 않으려고 했어. 나는 걔들한테 잘못한 것도 없었는데 말이야."

제니의 이야기를 듣고 생각해 보니 루슬라나가 못되게 군 것도 아닌데 마치 무서운 일이라도 한 것처럼 수군댔던 것 같았어요.

"나뿐 아니라 한국에서 온 아이도 차별을 당했어. 너희는 명절마다 조상신께 제사를 드린다면서? 미국 아이들이 그걸 보고선 귀신에게 이상한 의식을 한다고 놀렸어."

미나는 발끈했어요.

"그건 돌아가신 분들을 기리는 거야. 우리를 낳아 주고 키워 주신 분들인데 그분들을 기리는 게 뭐가 잘못된 일이니?"

"아니, 내 말은 나라마다 문화가 다른데 그걸 이상하다고 놀려 댄 그 아이들이 잘못됐다는 거야. 지금 네가 루슬라나에게 하는 것처럼 말이야."

영주가 고개를 끄덕였어요. 미나는 멋쩍어서 아무 말도 하지 못했지요. 생각에 잠겨 있던 제시카가 말했어요.

"제니의 말이 맞는 것 같아. 사실 나는 내 한국인 친구에게 그 명절 풍습 이야기를 들었을 때 그 문화가 참 좋다고 생각했거든. 지금의 내가 있게 해 준 분들을 잊지 않고 감사한다니 얼마나 멋진 일이야?"

미나는 할 말이 없었어요. 만약 자신이 외국에 갔을 때, 한국에서 당연하게 하던 행동들에 대해 비난을 당한다면 억울할 것 같았어요. 그러자 자신이 루슬라나에 대해 한 이야기들이 부끄러워졌지요.

그때 루슬라나가 목욕을 마치고 나왔어요. 친구들은 루슬라나에게 무언가 잘못한 것 같이 미안해했어요. 영주가 먼저 루슬라나에게 다가가 말을 걸었어요.

"루슬라나, 너희 나라의 맛있는 음식은 뭐야? 혹시 다른 고기도 못 먹어?"

그러자 루슬라나가 예쁘게 웃으며 대답했어요.

"아니! 우리나라에서는 소고기랑 양고기는 마음껏 먹을 수 있어. 한국 사람들이 우리나라 요리를 좋아하던데, 너도 혹시 먹어 봤니?"

그 이야기에 미나도 관심을 보이며 끼어들었어요.

"한국 사람들? 카자흐스탄에 한국 사람도 많아?"

"응, 오래전에 카자흐스탄에 이주한 사람들이 계속 살고 있거든. 많이 놀러 오기도 하고. 우리나라는 한국뿐 아니라 다른 나라 사람들도 많이 어울려 살아. 우리 엄마도 러시아 인이신걸!"

루슬라나는 가족사진을 꺼내 보여 주었어요. 루슬라나의 부모님은 각각 다른 나라에서 오신 듯 외모가 달라 보였어요.

"아, 그래서 네가 이렇게 신비로운 얼굴을 가지게 된 거구나."

미나의 말에 루슬라나는 쑥스러운 듯 웃었어요. 방 친구들은 그
날 밤 늦도록 자신의 나라 문화를 이야기하느라 시간 가는 줄 몰랐답
니다.

뉴스를 보면 종종 외국에서 우리나라 사람, 또는 동양인들이 차별 당했다는 소식을 들을 수 있어요. 이민자란 이유로 부당한 대우를 받는 재외 동포들의 뉴스는 우리의 가슴을 아프게 하지요. 또한 종교나 정치사상이 맞지 않는 집단끼리 서로 잔혹한 테러와 전쟁을 일으켰다는 뉴스도 본 적이 있을 거예요. 이러한 비극들은 모두 사람들이 서로 다른 모습에 편견을 갖고 서로를 이해하지 못해서 생기는 거예요.

　　세계는 날로 좁아지고 있어요. 우리나라 사람들이 외국에 나가 일을 하기도 하고, 반대로 우리나라에서 일을 하는 외국인도 많아졌어요. 지구 반대편에서 수입된 물건들을 쓰기도 하고, 종교나 사상이 다른 국가들에게 우리의 물건을 수출하기도 해요. 이렇게 훌쩍 가까워진 세계에서 다른 문화를 밀어내고 하찮게 여긴다면 어떻게 될까요?

　　인종의 용광로라 불리는 미국은 세계에서 가장 다양한 인종이 어우러져 사는 나라일 거예요. 미국의 원주민들부터 유럽의 백인 이민자와 흑인 노예의 후손들, 그리고 현재 일자리와 공부를 위해 건너온 남미인들과 아시아인들까지 실로 여러 인종의 사람들이 모여 있는 나라이지요.

그런데 미국에서는 불과 몇십 년 전만 해도 흑인은 백인과 동등한 사람이 아니라고 여겨지며 사고파는 대상이 되기도 했어요. 흑인 노예가 해방되고 인권이 존중받는 오늘날에는 상상할 수 없는 일이지요. 하지만 최근까지도 유색 인종에 대한 차별로 인해 폭동이나 파업이 벌어지기도 했어요. 종교와 문화 충돌 등 사건이 일어나게 된 이유는 모두 달랐어도 이러한 일들로 인한 갈등의 결과는 늘 안 좋답니다.

그렇기에 미국 사회는 인종 차별 문제를 줄이기 위해 적극적으로 노력하고 있어요. 인종 차별 행위를 처벌하는 것뿐 아니라 학교에서 다양한 인종과 문화에 대해 가르쳐 주지요. 흑인 인권 운동가들의 용감한 행동에 대해 배우고 남미 국가들의 말과 글도 배워요. 읽기 시간에는 원주민이나 아시아 문화권의 동화도 많이 읽게 되지요. 그런 교육을 통해서 미국 학생들은 자신과 다른 피부색, 다른 언어의 사람들을 '신기하고 이상한 이방인들'이 아닌 이웃으로 받아들이게 되지요.

우리가 배우는 사회 과목도 이와 마찬가지의 역할을 해요. 사회 시간에 우리는 다른 나라 사람들을 열린 마음으로 대하는 법을 배우게 돼요. 나와 다른 문화를 존중하고 모든 인권을 소중히 하는 자세를 배우지요. 또한 다른 나라의 문화를 배움으로써 그들에 대한 막연한 두려움을 없애 줘요. 여러분이 사회 공부를 훌륭히 해 준다면 그로 인해 세상은 더 평화롭고 조화로워질 거랍니다.

3 현명한 소비와 저축을 할 수 있어요

은규는 심술이 잔뜩 난 채로 집에 들어왔어요. 친구들과 늦게까지

놀고 올 거라며 집을 나갔었는데 말이지요. 은규가 방으로 휙 들어가

버리자, 동생 영규가 슬그머니 따라 들어왔어요.

"형아, 엄마가 수박 잘라 놓으셨어. 수박 먹을래?"

"됐어. 너나 실컷 먹어."

수박이라면 자다가도 뛰어나올 은규였는데, 웬일인지 시큰둥하게

대답했어요.

우리 집에 영화 DVD 보러 가자!

'치, 내가 먹고 싶은 건 수박이 아니라 복숭아 였는데 형은 먹지도 않네.'

방을 나오며 영규가 생각했어요. 영규는 마트에서 복숭아가 먹고 싶다고 했지만, 엄마는 형이 좋아하는 수박을 장바구니에 담으셨지요. 한 번씩 서로 양보하라고 하시면서요.

"엄마, 형이 수박 안 먹는대요. 이럴 줄 알았으면 복숭아 살걸."

나가자마자 들어와서는 그토록 좋아하던 수박도 마다하는 은규가 엄마는 걱정이 되셨어요. 그래서 은규의 방으로 들어와 물어보셨어요.

"무슨 일 있었니? 일찍 들어왔네."

은규는 아직도 분한 듯 씩씩거렸어요.

"저랑 축구하기로 약속했던 애들이 축구는 다음 번에 하고 가람이네 집에 가서 영화를 보러 가겠다잖아요! 가람이가 새로 나온 영화 DVD를 샀다면서요."

가람이는 아파트 바로 옆 동에 사는 친구예요. 엄마는 은규의 이야기를 듣더니 별일 아니라는 듯 웃으셨어요.

"그랬구나. 너도 가람이네 집에 영화 DVD 보러 가지 그랬어?"

"전 가람이가 자랑하는 거 보기 싫어요. 전에도 광고에 나온 비싼 운동화를 신고 와서 애들이 얼마나 부러워했다고요. 걔네 부모님은 그렇게 비싼 물건을 매번 살 수 있게 용돈을 많이 주시나 봐요."

은규가 뾰로통한 얼굴로 말하자 엄마가 말씀하셨어요.

"은규야, 너도 엄마가 매달 만 원씩 용돈을 주고 있잖니?"

"그건 그렇지만, 저도 새 운동화가 갖고 싶단 말이에요."

은규는 볼멘 목소리로 말했어요. 하지만 엄마는 은규가 뭔가 잘못 알고 있는 거라고 하셨지요. 가람이네 부모님이 용돈을 그렇게 많이 주지는 않을 거라면서 말이에요. 은규는 그런 말들보다 엄마가 선뜻 용돈을 올려 주겠다고 하지 않자 서운했어요.

다음 날, 학교에서 돌아와 보니 엄마는 외출 중이셨어요. 가람이네 집에 잠시 다녀오신다고 하셨지요. 은규는 엄마가 가람이네 엄마와 만나고 오시면 자기에게도 용돈을 많이 주실 것 같아 기대가 됐어요. 그래서 엄마가 돌아오시자마자 방에서 급히 뛰어나갔지요.

"엄마, 제 말이 맞죠? 가람이한테 용돈을 많이 주신다고 하지요?"

그런데 은규의 기대와는 달리 엄마는 갑자기 세뱃돈과 용돈 이야기를 꺼내셨어요.

"은규야. 너 지난 설날에 받은 세뱃돈은 어떻게 했니?"

"세뱃돈이요? 그야 예전에 받았으니 벌써 다 썼지요."

"벌써 다 썼어? 그럼 이번 달 용돈은 어떻게 썼니?"

"그것도요. 과자도 사 먹고 문구점에서 사고 싶은 거 조금 사면 금방 다 쓴단 말이에요."

은규의 목소리가 점점 작아졌어요.

'갑자기 이런 건 왜 물으신담? 설마 세뱃돈이랑 만 원밖에 안 되는 용돈으로 운동화를 사라는 말씀은 아니시겠지? 내가 갖고 싶은 건

5만 원이 넘는 운동화인데…….'

그러자 엄마가 진지한 표정으로 말씀하셨어요.

"가람이는 세뱃돈이랑 용돈을 모아서 운동화랑 영화 DVD를 산 거래. 가람이네 집은 용돈을 많이 준 게 아니라 용돈 쓰는 법을 잘 가르쳐 주신 것 같더라."

용돈 쓰는 법을 배우다니 그게 무슨 뜻인지 은규는 이해가 가지 않았어요. 사고 싶은 걸 사되 너무 비싼 것을 사지 않으면 그게 용돈을 잘 쓰는 것 아닌가요? 눈이 동그래져서 아무 말도 못하고 있는 은규를 보며 엄마가 말씀하셨어요.

"용돈으로 무언가를 사고 싶을 때마다 사면 그만큼 남은 용돈은 줄어들겠지? 그럼 사지 않고 참으면 그 돈은 어떻게 될까?"

"당연히 그대로 있겠죠."

"그래. 네가 용돈을 언제 어디에 썼는지 잘 생각해 보렴. 가람이도 그런 것들에 용돈을 쓰고 싶었지만 참았던 거야."

"하지만 매달 받는 용돈은 만 원씩 밖에 안 되는 걸요. 어떻게 그걸로 영화 DVD나 운동화를 사요?"

은규가 말도 안 된다는 듯이 말했어요. 엄마는 차근히 설명해 주셨어요.

"보렴. 한 달에 만 원씩 받은 용돈에서 반만 쓴다면 한 달에 오천 원씩 저축할 수 있지? 그렇게 열 달이면 벌써 오만 원이 되잖니. 그럼 네가 사고 싶은 운동화도 살 수가 있는 거야."

엄마의 설명을 듣고도 은규는 입을 삐죽 내밀었어요.

"그럼 평소에 먹고 싶거나 갖고 싶은 것을 못 사잖아요. 그런 건 싫단 말이에요. 그냥 용돈을 더 많이 주시면 안 돼요?"

"돈을 많이 쓰고 싶다고 수입을 늘릴 수는 없는 거란다. 생각해 봐. 우리 집 수입은 아빠가 서점에서 버시는 돈이랑 엄마가 은행에 저축을 해서 받는 이자가 전부인데, 둘 다 우리가 늘리고 싶을 때마다 늘릴 수 있는 게 아니잖니."

은규는 그제서야 이해가 되는 듯 고개를 끄덕였어요. 엄마가 말씀하셨어요.

"우리는 늘 이것을 살까, 저것을 살까, 그것도 아니면 돈을 모아서 더 비싼 것을 살까 고민하게 된단다. 그때마다 신중하게 비교하고 선택해야 후회하지 않을 수 있어. 정해진 용돈을 어떻게 현명하게 쓸 수 있는지는 나중에 사회 시간에 더 배우게 될 거야. 그리고 평소에 아껴 쓰고 모으면 네 용돈으로도 사고 싶은 것들을 살 수 있을 거란다."

은규는 갑자기 복숭아를 먹고 싶어 하던 동생 영규가 생각났어요. 영규는 수박보다는 복숭아를 좋아했지만 은규를 위해 참고 양보했어요. 각자 먹고 싶은 것을 다 사기 위해 장 보는 돈을 늘릴 수는 없기 때문이지요. 갑자기 은규의 머릿속에 좋은 생각이 떠올랐어요.

"엄마! 그럼 다음에는 용돈을 모아서 복숭아를 살래요. 두 달 동안 열심히 모으면 한 상자는 살 수 있겠죠?"

"한 상자나?"

"영규가 좋아하잖아요. 그러고 보니까 맨날 제가 졸라서 수박만 샀던 것 같아요."

엄마는 동생을 생각하는 은규가 대견했어요. 그래서 은규가 용돈을 쉽게 쓰지 않도록 멋진 저금통을 사 주기로 하셨어요. 은규는 이제부터 용돈을 현명하게 조절해서 쓸 거라고 스스로 다짐했답니다.

과자 1,000원, 아이스크림 1,000원…… 이렇게 조금씩 쓰는 돈들을 모으면 정말 몇 만 원짜리 물건을 살 수 있게 될까요? 하루 이틀 모은다면 부족하겠지만 몇 주, 몇 달을 모은다면 가능해요.

물론 갑자기 필요해서 소비를 해야 하는 경우도 있어요. 축하 선물을 사야 할 때, 다른 사람의 물건을 망가뜨려 보상을 해 주어야 할 때처럼 말이에요. 이러한 경우를 생각하면 돈을 언제 얼마나 써야 할지, 저축을 얼마나 해야 할지를 결정하는 것이 더욱 어려워지겠지요?

사회 시간에는 우리가 지혜롭게 돈을 관리할 수 있도록 현명한 소비 방법을 배우게 돼요. 우리의 생활에 필요한 돈이나 물건, 용역 등을 생산하고, 나누고, 소비하는 일을 '경제'라고 하는데, 바로 이 경제에 대해 배우지요. 여기서 용역이란 사람의 노동을 말하는 거예요. 생산에 필요한 일, 또는 다른 사람의 필요를 만족시켜 주는 일 등을 말하지요. 의사 선생님이 환자를 치료하거나, 가수가 팬들을 위해 공연을 하는 것 등이 여기에 해당해요.

초등학교 사회 시간에 배우게 되는 경제는 우리 자신과 가족들의 경제 활동에 대한 것들이에요. 이 시간을 통해 우리는 우리가 가진

재물을 잘 사용하는 방법에 대해 생각해 보게 되지요. 갖고 싶은 것,

쓰고 싶은 것이 많다고 해서 원하는 모든 것을 다 가질 수는 없으니

까요.

후회 없는 소비를 하기 위해서 배우는 것들에는 어떤 것들이 있느

냐고요? 먼저 돈을 포함한 모든 자원들은 제한되어 있다는 것을 배우

게 된답니다. 그리고 소비나 저축을 할 때, 어떤 것들을 고려해서 결정을 해야 할지 실제 사례들을 통해 생각해 보는 시간도 가져요. 소비자로서 어떠한 상품을 골라야 피해를 입지 않을지도 배우게 되고요. 사고자 하는 상품의 정보를 알아보는 방법, 여러 상품들을 비교하는 방법, 잘못된 정보로 인해 피해를 입었을 때 대처하는 법 등도 알게 되지요. 사회 공부를 열심히 하고 나면 여러분도 현명한 소비 생활을 할 수 있게 된답니다.

4

세계화의
주역이 될 수 있어요

'빨리 집에 가야지! 벌써 오셨을까?'

학교를 마치자마자 훈이는 서둘러 집으로 갔어요. 오늘은 훈이가

제일 좋아하는 막내 삼촌이 집에 오시는 날이에요. 삼촌은 중국에서

사업을 하고 계셔서 일 년에 한두 번밖에 만날 수가 없지요.

현관문을 열고 들어서니 삼촌의 호탕한 웃음소리가 들렸어요.

"삼촌! 안녕하셨어요?"

훈이는 삼촌에게 반갑게 인사하며 달려갔어요. 삼촌은 일 년 사이

부쩍 큰 훈이를 보고 놀라셨어요.

"아이고! 우리 조카가 이렇게 많이 컸어? 벌써 다 컸네!"

"에이, 아직 3학년이에요."

삼촌은 일 년 전 모습 그대로셨어요. 엄마가 차와 과일을 가지고 오시며 물으셨어요.

"어때요? 요즘도 사업은 잘되고 있어요?"

"그럭저럭요. 직원이 많아져서 사무실을 좀 더 큰 데로 옮겼어요."

"도련님은 정말 일을 잘하시나 봐요. 우리나라도 아니고 중국까지 가서 그렇게 성공하시고."

삼촌은 쑥스러운 듯 웃으며 말씀하셨어요.

"중국 시장이 큰 덕분이죠. 우리나라였으면 더 어려웠을 거예요."

"삼촌! 중국어로 사업을 하려면 어렵지 않으세요?"

"하하, 중국어는 오래 써서 이제 어렵지 않아. 하지만 중국 사람들을 대하는 건 쉽지 않단다. 중국에 대해 모르는 것도 아직 많고 말이야."

삼촌의 말씀에 훈이는 눈을 동그랗게 뜨며 물었어요

"아직도요? 바로 이웃 나라인데 우리나라랑 그렇게 달라요?"

"그럼! 우리랑 식습관도 다르고, 풍습과 예절도 다른걸!"

"중국 안에서도 지방마다 문화가 다르다면서?"

아빠의 질문에 삼촌이 대답했어요.

"맞아요. 남쪽과 북쪽은 날씨부터가 확연히 다르니까요. 남쪽은 습도도 높고 한겨울에도 춥지 않아요. 하지만 제가 있는 베이징은 북쪽에 있어서 겨울이 되면 서울 사람들이 깜짝 놀랄 정도로 추워지죠. 자연환경이 다르니 지방마다 즐겨 먹는 음식도 다르고 심지어 쓰는 말도 좀 달라요."

"우아! 정말 신기해요."

삼촌이 신기해하는 훈이의 머리를 쓰다듬어 주시다, 갑자기 무언가 생각난 듯 훈이에게 이야기하셨어요.

"훈이가 삼촌 일에 대해 궁금한 게 참 많은가 보구나. 그럼 내일 삼촌이 잡지 인터뷰 하는데, 같이 가서 이야기 들어 보지 않을래?"

"잡지 인터뷰요? 삼촌, 잡지에 나오시는 거예요?"

훈이가 들떠서 소리쳤어요.

"음, 외국에서 성공한 우리나라 기업인으로서 학생들에게 조언을 해 주기 위해 가는 거야."

식구들뿐 아니라 많은 사람이 삼촌의 이야기를 듣고 싶어 한다니, 훈이는 삼촌이 정말 자랑스러웠어요.

다음 날, 훈이는 삼촌을 따라 잡지사에 갔어요. 인터뷰는 스튜디오에서 사진을 찍으며 시작되었지요.

"대표님은 어떻게 중국에서 사업을 시작하셨나요?"

"저는 대학생 때부터 연수 겸 자주 중국에 갔었어요. 가깝기도 하고, 그 당시에는 중국의 물가도 꽤 쌌기 때문에 자주 방문할 수 있었죠. 중국에서 어떤 사업을 하면 좋을지를 열심히 관찰하고 한국인 사업가들도 만나 보며 사업 준비를 했어요."

삼촌의 말에 기자 아저씨는 놀랍다는 표정을 지었어요.

"연수 가서 사업 구상까지 하셨다니, 정말 대단하시네요! 사업을 하시면서 어려운 점은 없으셨나요?"

"물론 많았지요. 모든 사업이 마찬가지겠지만 회사를 닫아야 하나 고민할 정도로 크게 어려웠던 적도 여러 차례 있었어요. 그때 다행히도 거래처에서 친분을 맺은 분들이 많은 도움을 주셨어요. 중국은 신

의를 중요시하는

사회거든요. 평소에 좋은 관계를

맺어 놓았던 게 큰 힘이 된 거지요."

기자 아저씨는 고개를 끄덕이며

열심히 메모를 하셨어요.

"말씀을 들어 보니 대표님은

중국 사회에 대해서도 참 잘 아시

네요. 중국에 그렇게 깊은 관

심을 갖게 된 계기가 있으

신가요?"

찰칵
11

"학창 시절부터 중국에서 일을 해 봐야겠다고 생각했어요. 사회 시간에 외국에 대해서 배울 때, 중국이 다른 나라에 시장을 개방한 지 얼마 안 됐단 것을 알게 됐어요. 나중에는 우리나라 사람들이 진출하기 좋은 해외 시장이 될 거라는 생각이 들었지요. 그래서 중국어도 열심히 하고, 중국의 역사나 문화에 대해서도 공부했어요."

기자 아저씨는 삼촌의 선견지명에 놀란 듯 했어요.

"어릴 때부터 세계화를 꿈꾸고 계셨군요! 정말 놀랍네요."

기자 아저씨의 칭찬에 삼촌은 얼굴이 빨개지셨어요.

"무얼요. 사회 시간에 선생님께서 해 주셨던 말을 그대로 새겨들었을 뿐인걸요."

사회 시간에 선생님께서 해 주신 이야기 덕분에 삼촌이 성공한 기업인이 되었다니 훈이는 놀랐어요. 훈이도 요즘 사회 시간에 다른 나라의 자연환경과 문화, 역사 등을 배우지만 그러한 공부가 크게 유익할 거라고는 생각하지 않았거든요. 삼촌의 이야기를 들은 훈이는 이제 사회 수업을 열심히 듣기로 마음먹었어요. 삼촌처럼 훈이도 그 속에서 성공의 열쇠를 발견할지 모르니까요.

교통과 통신이 발달하면서 세계는 1일 이동권이 되었어요. 훈이네 삼촌처럼 누구나 자신의 꿈과 적성에 따라 더 넓은 세계 무대로 진출할 수 있는 시대가 온 것이에요.

우리는 흔히 언어를 배우기 위해서, 좋은 학교에 가기 위해서 다른 나라로 유학을 가는 학생들을 보곤 해요. 하지만 그 나라의 언어를 잘하고 그 나라의 학교를 나왔다고 해서 그 사회에서 성공을 할 수 있는 것은 아니에요. 오히려 그 나라의 사회를 잘 이해하지 못해 힘들 수도 있지요. 다른 나라에서 적응하고 사회 활동을 하기 위해서는 그 나라에 대한 많은 공부가 필요해요.

그런 노력들을 통해 국제 사회에서 능력을 펼치고 있는 한국인이 점점 늘어나고 있어요. 국제 사회의 민감한 논쟁거리를 해결하는 유엔의 사무총장인 반기문, 페루 찬차마요 시의 시장이 된 정흥원 등 외국 사회에서 당당히 활약하고 있는 한국인들의 이야기를 들어 본 적이 있을 거예요. 그분들이 여러 가지 시련을 딛고 외국 사회에서 존경을 받게 된 사연은 많은 어린이의 가슴에 새로운 꿈을 심어 주었어요.

여러분은 이런 국제화 시대에 얼마나 준비가 되어 있나요? 혹시 아직 어떤 나라에서 무엇을 배우고 어떻게 실력 발휘를 해야 할지 몰라 막막한가요? 그렇다면 걱정 말고 훈이네 삼촌의 말을 되새겨 보세요. 세계 무대에서는 단순히 공부만 잘하는 인재가 아닌 넓은 시야를 가진 인재를 원해요. 그러니 세계 여러 나라에 대해서 공부하는 것은 필수겠지요? 사회 시간에 세계 각국에 대해 배우다 보면, 여러분이 앞으로 어떤 곳에 가서 활약할 수 있을지 알 수 있을 거예요. 사회 공부를 하며 세계 인재로서의 꿈을 키워 보세요.

5

환경을 더 잘 이용할 수 있어요

옛날 어느 고을에 한날한시에 태어난 두 아이가 있었어요. 앞집 아이 돌쇠는 영리하고 배우기를 좋아했어요. 뒷집의 막쇠는 힘이 세고, 고집도 셌어요. 둘은 성격도 겉모습도 정반대였지만, 어렸을 때부터 함께 놀면서 좋은 친구가 되었어요. 둘은 커서도 그 우정을 변치 말자고 다짐했지요.

훌륭한 농사꾼 청년이 된 돌쇠와 막쇠는 참한 색시들도 얻고 아이들도 낳았어요. 그러자 둘은 좁은 고향 마을을 떠나 새로운 삶의 터전을 찾고 싶어졌어요.

어느 날 둘은 논두렁에 걸터앉아 서로의 이사 계획을 이야기했어요. 먼저 돌쇠가 자신이 봐 놓은 새 집터에 대해 말했어요.

"남쪽의 대머리산 너머에 가 보았나? 바람도 따뜻하고 평지가 아주 드넓더군. 조금 더 아래쪽엔 꽤 큰 강도 흐르니까 물을 끌어다 쓰기도 딱이지 않겠나!"

돌쇠의 말을 들은 막쇠는 자신이 더 좋은 곳을 봐 두었다고 했어요.

"나는 더 좋은 데를 봐 두었지. 바로 대머리산 중턱이라네. 대머리산엔 그저 바위뿐인 줄 알았는데, 서쪽 봉우리에 농사지을 만한 땅이 있지 않겠나! 여름인데도 어찌나 시원하던지. 아주 넓진 않지만 우리 두 사람이 가족을 데리고 가서 살 만큼은 될 거야. 나와 같이 거기로 가서 벼농사를 짓지 않겠나?"

그런데 막쇠의 이야기를 들은 돌쇠는 펄쩍 뛰었어요.

"대머리산에서 벼농사를 짓겠다니 그게 무슨 말인가! 거긴 워낙 높아서 추운데다가 바위산이라 물을 가두기 어려울 걸세. 모내기할 때 물은 어디서 끌어다 쓸 텐가? 게다가 그곳은 동쪽 봉우리에 가려 해도 잘 들지 않을 거야. 거기에서 벼농사라니 가당치도 않지."

다짜고짜 자신을 말리는 돌쇠의 말에 막쇠는 기분이 상했어요. 막쇠의 표정이 좋지 않자, 돌쇠는 아차 싶었어요.

"음, 생각해 보니 꼭 벼농사만 짓고 살라는 법 있나? 그런 산속에 사는 사람들은 버섯이나 나물을 캐 판다고 들었네. 나물을 캐다 보면 약초도 심심치 않게 찾을 수 있으니 세 식구 살림은 문제없지. 아! 자네는 힘도 장사니까 나무를 해다 팔아도 좋겠구먼."

하지만 이미 자존심이 상해 버린 막쇠는 돌쇠의 이야기를 새겨듣지 않았어요.

"나는 버섯이고 나물이고 생각이 없네! 그리고 물이야 필요하면 산 아래서 길어다 쓰면 되는데 뭐가 문제란 말인가? 내가 힘이 세니 그런 건 상관없어. 같이 가기 싫으면 관두게! 우리 가족만 가서 좋은 경치를 보며 살 테니."

돌쇠의 만류에도 불구하고 막쇠는 결국 대머리산 중턱으로 이사를 갔어요. 그리고 열심히 땅을 갈아 벼농사를 지었지요. 산 아래 평야에서 하던 식으로 말이에요. 돌쇠 역시 자신이 봐 두었던 터로 이사를

갔어요. 그리고 온 가족이 힘을 합해 벼농사를 지었지요.

마침내 가을이 됐어요. 비옥하고 넓은 땅에서 농사를 지었던 돌쇠네는 풍작이었어요. 수월하게 한 해 농사를 마친 돌쇠는 막쇠의 소식이 궁금해졌어요. 그래서 대머리산 중턱의 막쇠네를 찾아가 보기로 했지요.

산에 한참을 오른 돌쇠는 막쇠네 집을 겨우 찾아냈어요. 막쇠의 말대로 매우 아름다운 경치에 입이 벌어졌지요. 하지만 집 근처 논에는 누렇게 익은 벼가 아니라 잡초들만 무성했어요. 아니나 다를까, 시름에 빠진 막쇠네 부부가 마루에 앉아 한숨을 쉬고 있었지요. 막쇠는 돌쇠를 보고 반가움에 뛰쳐나오려다가 자신이 돌쇠의 충고를 듣지 않은 것을 떠올리고는 곧 풀이 죽어 주저앉았지요.

"자네 말을 듣지 않고 산으로 올라왔다 결국 한 해

농사를 다 망치고 말았지 뭔가. 아침저녁으로 어찌나 서늘한지, 벼가 익기도 전에 벌써 서리가 내려 이 꼴이 되었다네. 산중으로 힘들게 물을 길어서 겨우 지은 농사인데 말이야."

돌쇠는 그런 막쇠를 위로해 주었어요.

"너무 낙심치 말게. 내가 이번에 농사가 잘되었으니 쌀은 얼마든지 빌려주겠네. 기왕 여기에 번듯한 집을 지었으니 다른 일을 하면 어떤가? 좋은 나무가 많던데 나무를 해다가 팔아도 좋겠네."

그런데 이번에도 막쇠는 돌쇠의 말을 듣지 않는 것이었어요.

"아니야, 아니야. 이놈의 산 구석은 지긋지긋하네. 그래서 말인데, 이제 농사 말고 물고기를 잡을까 생각 중이야. 자네 집 남쪽에 있는 큰 강 알지? 그 바로 옆에 완만하고 좋은 터가 있으니 거기에 집을 짓고 물고기를 잡으며 살까 한다네."

막쇠의 생각을 들은 돌쇠는 또 펄쩍 뛰며 반대를 했어요.

"강 바로 옆은 안 되네! 거긴 여름에 장마가 시작되면 강물이 불어 아주 위험해. 집이 통째로 물에 잠길 수도 있단 말일세!"

하지만 고집 센 막쇠는 이번에도 돌쇠의 충고를 듣지 않았어요. 그리고 강가에 바로 집을 짓고 말았지요.

다음 해 여름, 막쇠네 식구들이 새 집에 적응할 만하자 장마가 왔어요. 늘 잔잔하던 강물은 갑자기 무섭게 불어나기 시작했지요. 물이 집 마당까지 차오르자 막쇠는 겁이 났지요.

'이러다가 정말 강물이 집을 집어삼키는 거 아니야? 그러면 큰일이 나겠는걸!'

막쇠는 서둘러 식구들에게 짐을 챙기라고 했어요. 그러고는 돌쇠네 집으로 몸을 피했지요. 돌쇠는 막쇠네 식구들을 따뜻하게 맞아 주었어요. 또다시 돌쇠에게 신세를 지게 된 막쇠는 너무 창피했어요. 막쇠는 자신이 고집을 부려 매번 신세를 지게 되어 미안하다고 했어요.

"난 괜찮네. 앞으로는 환경이 좋은 곳에 집을 짓고 그곳에 맞는 일을 하면 되지. 어디서 어떤 일을 해야 할지 모르면 그 주변에 오래 산 사람들에게 물어보는 것도 좋은 방법이라네."

막쇠는 앞으로는 꼭 그렇게 하겠다며 고개를 끄덕였어요. 그리고 이듬해 봄에 막쇠는 돌쇠의 말대로 나무꾼이 되어 다시 넉넉한 살림을 꾸릴 수 있었답니다.

번번이 자연환경 때문에 피해만 입는 막쇠. 생각해 보면 막쇠의 이야기는 마냥 우스꽝스러운 이야기는 아니에요. 지금도 해마다 여름이 되면 태풍과 큰비 때문에 큰 피해를 입은 지역의 뉴스가 들려오지요. 겨울이 되면 폭설로 인해 비닐하우스가 무너지거나 큰 교통사고가 나기도 해요. 평온하게만 보이는 봄, 가을에도 안심할 수 없어요. 봄, 가을의 건조기에는 산불이 크게 번지기 쉽고, 가을장마 기간에도 수해가 많이 일어나지요. 이런 사고와 재해들은 대부분 우리가 미리 조심하면 예방할 수 있는 것들이에요. 하지만 막쇠처럼 자연에 대해 공부하고 준비하기를 게을리하면 큰 피해로 이어지는 사건이나 사고가 생기는 것이지요.

그에 비해 돌쇠는 큰 사고 없이 풍작을 이뤘어요. 돌쇠는 어떻게 농사가 잘되는 지역을 고를 수 있었을까요? 돌쇠가 이야기했던 것처럼 그 지역을 오래 지켜보았던 사람들의 이야기를 들어 보면 가장 좋겠지요. 그러면 계절에 따라, 밤낮에 따라 그곳의 자연환경이 어떻게 변할지 알 수 있을 테니까요.

사람들은 점차 그런 정보들이 생활에 유용하다는 것을 알고 그것

들을 기록하고 연구하게 되었어요. 그것이 바로 여러분이 사회 시간

에 배우는 지리예요. 점차 사람들은 지리 공부와 연구를 통해서 자연

을 효율적으로 이용할 수 있게 되었어요.

　우리가 살아가는 지역의 환경에 대해 잘 아는 것은 농업이나 어업

과 같은 산업을 할 때에만 유용한 것이 아니에요. 건축, 무역, 관광,

판매업 등 모든 산업을 이끌어 나가는 데에 있어 매우 중요한 역할을 하지요. 휴양지의 기후도 잘 모르고 관광 상품을 기획한다거나 약한 모래 지반 위에 빌딩을 짓는다면 어떻게 될까요? 한겨울에 썬크림을 잔뜩 들여온 화장품 가게, 습도가 높은 나라에 가습기를 팔려는 무역 회사도 상상해 보세요. 모두들 막쇠처럼 큰 곤란에 처하겠지요.

여러분도 돌쇠처럼 자연환경을 잘 알고 슬기롭게 이용하고 싶은가 요? 그렇다면 학자들이 오랫동안 자연을 관찰하며 남겨 놓은 지식들 을 배워 보세요. 열심히 사회 공부를 하다 보면, 자연환경을 지혜롭게 이용할 수 있는 사람이 될 수 있답니다.

6

공정하고 올바른 사회를 만들어요

"희찬아, 빨리 축구하러 가자! 빨리 나와!"

민규가 축구공을 들고 뒷문에 서 있었어요. 희찬이도 부랴부랴 식판을 정리하고 신발장에서 축구화를 꺼냈어요. 그때, 누군가 희찬이의 등을 찰싹 때렸어요.

"희찬아, 축구라니? 농구하러 가야지. 그렇게 정했잖아."

반에서 덩치가 가장 크고 힘도 센 반장 정우였어요. 정우는 한쪽 팔에 농구공을 끼고는 밖으로 나갔어요.

"야, 그렇게 빨리 나왔어야지!"

민규가 희찬이를 탓하며 입을 삐죽 내밀었어요.

"에이, 오늘은 꼭 축구하고 싶었는데…… 벌써 한 달째 농구만 하고 있잖아. 난 농구는 잘하지도 못하는데."

희찬이는 아쉬워하면서 축구화를 신발장에 넣고 운동화를 꺼냈어요. 반을 둘러보니 다른 친구들도 서둘러 나갈 준비를 하고 있었어요. 반장인 정우가 점심시간에는 모두 농구를 하기로 정했기 때문이에요. 다리를 다친 지훈이도 빠질 수 없었어요.

희찬이는 정우가 있는 농구대로 가면서 불만을 터뜨렸어요.

"왜 우리는 항상 정우가 하자는 대로 해야 해?"

"정우가 반장이니까 그렇지. 아니, 사실 난 정우가 무서워. 우리 반에서 키도 제일 크고, 덩치도 크잖아. 그리고 힘은 또 얼마나 센데! 난 정우랑 싸우면 이길 수 없을 거야."

그러자 아이들은 말없이 고개를 끄덕였어요. 비록 정우와 싸워 본 적은 없었지만, 모두들 힘센 정우를 무서워했어요.

지훈이가 말했어요.

"또 정우는 공부도 잘 하잖아. 엄마가 학부모 모임에 다녀오시면 항상 정우 칭찬만 하시는걸. 부모님도 선생님도 다들 정우를 좋아하셔."

민규도 거들었어요.

"어른들도 정우를 좋아하지만, 정우를 따르고 좋아하는 반 애들도 꽤 많아. 정우가 무섭긴 해도 카리스마 있다고!"

정우의 다양한 모습들을 떠올리자 아이들은 모두 머릿속이 복잡해졌어요.

점심시간 동안 열심히 농구를 한 희찬이는 교실에 돌아왔어요. 흐르는 땀을 닦고, 자리에 앉아 한숨을 돌리고 있었지요. 그때 반장 정우가 희찬이 책상으로 다가와 말을 걸었어요.

"내일은 네가 아침 당번이야. 반 아이들이 같이 먹을 코코아 사 와."

코코아를 사 오라고 명령하듯이 말하는 정우에게 희찬이는 기분이 상했어요. 그래서 톡 쏘며 말했지요.

"코코아를 왜 내가 사? 먹고 싶은 사람이 사 오면 되잖아."

그러자 정우는 희찬이에게 얼굴을 바싹 들이대며 위협적으로 말했어요.

"코코아를 안 먹고 싶은 사람이 어디 있어? 돌아가면서 사 오면 손해는 아니잖아. 반 전체를 위해 정한 거니까 내일 사 와."

희찬이는 주눅이 들어서 정우에게 아무 말도 하지 못했어요.

수업이 끝난 후, 희찬이는 자리에 남아 고민을 했어요. 가진 용돈으로는 반 전체가 먹을 코코아를 살 수가 없는데 큰일이었어요. 희찬이의 이야기를 들은 지훈이와 민규도 함께 남아 걱정을 했어요. 언젠간 자기들도 코코아를 사 와야 할 테니까요.

그때, 담임 선생님이 아이들에게 다가오셨어요.

"애들아, 집에 안 가고 뭐하니?"

"선생님……."

희찬이와 친구들은 잠시 고민하다가 이야기를 꺼냈어요. 정우가 멋대로 정해 버린 규칙들 때문에 고민이라는 희찬이는 금방이라도 울음을 터뜨릴 것 같았지요. 선생님은 희찬이를 다독여 주시며 정우가 마음대로 정한 규칙은 따를 필요가 없다고 하셨어요.

"너희들, 우리나라가 민주주의 사회인 것은 알지?"

"네……. 그런데 그건 갑자기 왜요?"

"마찬가지로 우리 반도 민주주의 사회란다. 민주주의 사회에서는 모든 사람이 자유롭고 평등한 입장에서 토론을 통해 활동 방향을 결정할 수 있어야 해. 축구를 할지 농구를 할지, 무엇을 먹을지와 같은 것들 말이야."

희찬이가 울먹이며 말했어요.

"그렇지만 정우는 자신이 제일 똑똑해서 반장이 되었으니까 자기 결정에 따르는 게 좋을 거래요."

"민주주의에서 대표자는 제일 똑똑하거나 힘이 센 사람이 되는 게 아니야. 정우가 어떻게 해서 반장이 되었는지 잘 생각해 보렴."

아이들은 학기 초에 반장 선거를 한 것을 떠올렸어요.

"저희가 투표를 통해 뽑아 줬어요."

"맞아요. 그때는 저희가 바라는 걸 다 이뤄 줄 거라고 약속을 해서 뽑아 준 거였어요. 그런데 이제는 뭐든 저희한테 시키기만 해요."

아이들이 입을 모았어요. 선생님이 고개를 끄덕이며 말씀하셨지요.

"반장은 반을 대표하면서 반 아이들의 뜻을 잘 반영해 반을 잘 이끌어야 할 의무가 있단다. 자기가 하고 싶은 대로가 아니라 말이지."

선생님의 말씀에 희찬이는 기운을 얻었어요.

"정우는 반장으로서 자격이 없는 것 같아요. 선생님, 저희가 앞으로 정우를 어떻게 해야 할까요?"

"너희가 지금까지 모르고 정우의 말을 따랐던 것처럼 정우도 자신의 의무를 잘 몰랐을 거야. 정우에게 기회를 한 번 더 주는 게 어떨까? 반 아이들의 마음을 잘 알아 주는 그런 반장이 될 기회를 말이야."

선생님의 말씀에 아이들은 서로를 쳐다보며 고개를 끄덕였어요.

그리고 정우에게 가서 자신들의 생각을 말하기로 했지요.

잠시 후, 희찬이와 친구들은 정우네 집에 용기를 내서 찾아갔어요. 정우가 나오자 희찬이가 대표로 말을 꺼냈어요.

"정우야, 아까 네가 시킨 일에 대해서 생각해 봤어. 코코아를 좋아하는 아이들은 많지만 모두가 돌아가면서 코코아를 사 놓자는 너의 규칙은 따를 수 없어. 코코아를 먹고 싶지 않은 아이들도 많은걸. 그리고 무엇보다 다 같이 이야기해서 정한 규칙이 아니잖아."

지훈이와 민규가 고개를 끄덕였어요. 정우는 갑작스러운 상황에 당황했어요.

"그래서 지금 코코아를 못 사겠다고 말하러 온 거야? 다 너희들을 생각해서 시키는 거라고."

"우리의 이야기도 듣지 않고 정한 규칙은 전혀 우리를 위한 게 아니야. 우린 네가 우리의 의견을 잘 들어주는 반장이 됐으면 좋겠어. 지켰으면 하는 규칙이 있으면 다 같이 학급 회의 시간에 이야기해서 투표로 결정하자. 그럼 우리도 따를게."

희찬이와 친구들은 정우에게 단호하게 말했어요. 정우는 친구들의

반대에 부딪히자
기분이 얼떨떨했어요.
기분이 나쁘기도 했지만 친구들의 말이
틀린 것 같지는 않았지요.

'날 반장으로 뽑은 건 반 아이들인데……
이제까지 잘못 행동했던 걸까?'

아이들이 돌아가고 정우는 침대에 걸
터앉아 처음으로 깊은 반성을 하게 되었
어요. 친구들에게 위협적으로 말하면서
고집을 부렸던 것이 후회되었어요.

정우는 자신이 반장 선거에 나갔을 때 다짐했던 것들을 되새겨 보며, 내일 친구들에게 나누어 줄 코코아를 직접 챙겼답니다.

우리 사회를 이끌어 갈 대표자는 어떤 사람이 되어야 할까요? 똑똑하거나 힘이 세고, 돈이 많은 사람일까요? 정우의 이야기에서 본 것처럼 유능한 사람을 대표로 뽑는다고 해서 모두가 행복해지는 것은 아니에요.

사회 시간에 배운 대로, 민주주의 사회에서는 모두가 자신의 행복을 추구할 권리를 가지고 있어요. 그러므로 구성원들의 의견을 잘 헤아려서 최선의 결정을 할 수 있는 사람을 대표자로 뽑아야 해요. 대표자는 나머지 사람들 대신에 중요한 문제나 집단이 나아갈 방향을 결정하지요. 공정하지 않거나 지혜롭지 않은 사람을 대표자로 선출하면 그 집단은 행복하기 어려울 뿐 아니라 올바른 방향으로 나아가지 못할 수 있어요. 하지만 좋은 대표자를 알아보고 표를 던지는 일은 생각보다 어려운 일이에요. 뭐든지 잘하고 인기도 많았던 정우가 좋은 반장이 되지 못했던 것처럼 말이에요.

사회 시간에는 어떤 후보가 좋은 대표자가 될 수 있을까에 대해서 생각해 보는 시간을 갖게 돼요. 먼저 후보자들이 속한 '정당'에 대해 배우고, 후보자의 약속인 '공약'에 대해서도 배우지요. 정당과 공약 등을 통해 후보자의 가치관을 알아볼 수 있어요. 그 외에도 후보자의 지난 행적들을 통해 살펴볼 점에는 어떤 것들이 있는지 생각해 볼까요? 바로 책임감과 희생 정신, 리더십, 행정 처리 능력과 청렴함 등을 살펴볼 수 있어요. 이렇게 사회 시간에 민주주의와 선거에 대해 배운 여러분이라면 후보들을 꼼꼼히 따져 보고 좋은 대표자를 선택할 수 있을 거예요.

민주주의는 우리의 삶과 밀접한 관련이 있어요. 좋은 대표자를 선출하는 것과 우리 자신의 권리를 지키는 것, 모두가 사회 과목에서 여러 단원에 걸쳐 배우는 내용이에요. 여러분이 이런 내용들을 잘 배우고 실천해 준다면 미래에도 행복하고 공정한 사회를 만들 수 있을 거예요.

PART 2

사회 공부,
이렇게 하세요

왜 공부해야하는지
모르겠어요

"자, 다음 페이지는 현우가 한번 읽어 보자."

선생님께서 현우에게 사회 교과서를 읽어 보라고 말씀하셨어요.

그러나 현우는 뭔가를 열심히 쓰느라 선생님의 말씀을 듣지 못했어

요. 뒷자리의 친구가 현우의 어깨를 툭툭 친 후에야 현우는 고개를

들었어요.

"현우야, 지금 뭐하고 있니?"

선생님은 현우의 자리로 다가오셨어요. 반 친구들의 눈길이 모두

현우를 향했어요.

"아, 저······."

현우는 말을 잇지 못했어요. 선생님이 현우의 사회 교과서를 들추자, 교과서 아래에 있던 수학 문제집이 드러났어요. 잠깐이지만 선생님의 얼굴에는 실망감이 가득하셨어요. 그러고는 현우의 수학 문제집을 가지고 다시 교탁으로 돌아가셨어요. 현우는 반 아이들 앞에서 창피하기도 하고, 선생님께 죄송해서 얼굴을 푹 숙였어요.

"현우는 수업 끝나고 교무실로 와라."

"네."

선생님께 크게 혼날 생각에 현우는 의기소침하게 대답했어요.

수업이 끝나고 현우는 교무실에 찾아갔어요. 선생님은 책상에 현우의 수학 문제집을 올려놓고 기다리고 계셨어요. 현우는 조용히 선생님께 말씀드렸어요.

"선생님, 죄송합니다."

"현우야, 현우는 항상 수업도 잘 듣고 공부도 열심히 하는 모범 학생이지? 그런데 왜 항상 사회 시간만 되면 수업에 집중을 하지 않는

지 알려 줄 수 있겠니?”

선생님께 혼날 줄 알았던 현우는 조금 놀랐어요. 왠지 더 부끄러워져서 자신 없는 목소리로 대답했지요.

“실은 시간이 아까웠어요. 사회는 별로 중요한 과목이 아닌 것 같거든요. 그 시간에 차라리 다른 공부를 하는 게 좋겠다 싶었어요.”

“별로 중요한 과목이 아니라니 왜 그렇게 생각하니?”

“사회는 시험 전에 참고서만 공부해도 다 맞으니까요. 국어나 수학, 영어는 나중에 대학을 잘 가려면 열심히 해야 한대요. 하지만 사회 공부는 열심히 할 필요성을 못 느끼겠어요. 그렇다고 일상생활에서 크게 도움이 되는 것도 아닌 것 같아서요.”

현우의 말을 들은 선생님은 생각에 잠기셨어요.

“정말 현우의 생각이 맞는지 선생님도 궁금한데?”

“네?”

현우는 깜짝 놀라 자신도 모르게 대답했어요. 선생님께서 분명 사회 공부가 중요하다고 이야기하실 줄 알았거든요. 선생님이 웃으며 말씀하셨어요.

"현우의 생각이 맞는지 한번 알아보자. 선생님이 숙제를 내 줄게. 오늘 집에 가서 어른들께 여쭤 보는 거야. 학교 다닐 때 사회 시간에 배운 내용이 지금 어떻게 도움이 되고 있는지 말이야."

숙제를 받은 현우는 걱정이 되었어요. 현우네 식구들이 하는 일은 사회와는 전혀 관련이 없는 것 같았거든요. 엄마는 외국어를 잘하셔서 외국 회사에 다니시고, 아빠는 과학을 잘하셔서 의사가 되셨다고 들었어요. 이모는 맞벌이를 하시는 부모님을 대신해 잠깐 집안일을 도와주고 계셨고요. 사회 덕분에 도움이 되었다는 이야기는 들어 본 적이 없었지요.

집으로 돌아온 현우는 저녁밥을 먹으며 오늘 있었던 일을 이야기했어요. 식구들은 현우의 숙제를 도와주기로 했어요. 먼저 외국 회사에 다니시는 엄마가 이야기를 꺼내셨지요.

"엄마는 프랑스의 화장품이 아시아에서 잘 팔리도록 전략을 세우는 일을 하고 있단다. 예전에 사회 시간에 다른 나라의 문화나 경제 같은 것들을 배운 게 아주 유용해."

"화장품을 파는데 왜 그런 걸 알아야 해요? 그냥 유명한 모델을 써서 광고하고, 할인을 많이 하면 잘 팔리는 거 아니에요?"

"그렇지 않아. 어떤 나라에서는 고급스러운 이미지의 제품을 선호하고, 어떤 곳은 자연 친화적인 이미지를 좋아한단다. 거래처 손님을 만나거나 행사를 열 때에도 그 나라의 문화나 사회 분위기를 잘 알아야 실수가 없지."

엄마가 회사에서 빛을 발하시는 건 외국어를 잘해서만은 아닌 것 같았어요. 아빠도 말씀하셨어요.

"잘 생각해 보니 아빠도 사회를 잘 배운 덕분에 병원이 더 잘 되고 있는 것 같구나."

"에이, 사람들을 치료하는 건 의학이랑 관련된 거잖아요."

아빠는 껄껄 웃으시더니 고개를 끄덕이셨어요.

"하지만 아빠는 의사인 동시에 병원을 경영하는 사람이지 않니? 사회 시간에 경제에 대해 조금 배운 것을 늘 염두에 두고 있단다. 수

익을 어디에 얼마만큼 재투자를 해야 할지 결정하려면 여러 가지를 고려해야 해."

"어떤 것을 고려해야 하는데요?"

"예를 들면 아빠는 작년에 병원 수익이 좋았기 때문에 병원에 좀 더 투자하기로 결정했단다. 의료 기기를 더 들여놓으려는데 최첨단 기기라고 무턱대고 살 수는 없지 않겠니? 그래서 우리 병원 환자들의 나이대를 분석해 봤단다. 그 결과 노인 분들이 가장 많아서 노인성 질환 치료를 위한 의료 기기를 들여놓기로 했지."

경제 활동을 할 때는 언제나 현명한 선택을 해야 한다고 사회 시간에 배운 것이 생각났어요. 아빠는 바로 그 현명한 선택을 하시기 위해 노력하시는 것이었지요.

"사회 공부는 우리 권리를 챙기며 사는 데에도 중요해."

이번에는 이모가 말씀하셨지요.

"세금을 낸 국민들은 나라 운영에 참여할 권리가 있단다. 주민 회의에 가서 불편한 점이나 생각을 말하는 것도 한 가지 방법이야."

"그런 데 모인 사람들끼리 이야기하면 뭐가 고쳐지나요?"

"물론이지. 지방 자치 단체 또한 우리의 세금으로 운영되니까 주민 회의에서 올린 건의 사항들을 귀담아듣고 처리해 주려고 노력하지."

사회 시간에 배운 내용이 생활 곳곳에서 이렇게 쓰이고 있는 줄은 몰랐어요. 이어서 엄마가 말씀하셨어요.

"현우는 커서 판사가 되고 싶다고 했지? 판사가 하는 일이 무엇인지 알고 있니?"

"법에 따라 판결을 잘 내리는 일이 아닐까요?"

"맞아. 하지만 법조문만 잘 외운다고 정의로운 판사가 되는 것은 아니래. 법이 누구에 의해, 무엇을 지키기 위해 만들어졌는지를 알아야 더 정의롭고 공정한 판결을 내릴 수 있을 거야. 그런 것들도 사회 시간에 배우지 않니?"

엄마 말씀이 맞았어요. 숙제를 마치고 생각해 보니 사회 공부야 말로 생활 모든 곳에서 쓰이고 있었어요. 현우는 사회 공부가 시간 낭비인 것 같다고 한 자신의 말이 부끄러워졌답니다.

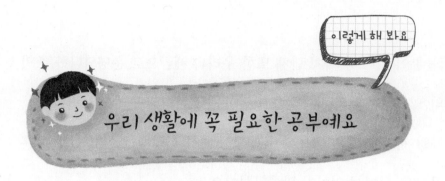

우리 생활에 꼭 필요한 공부예요

여러분도 '사회는 입시에서 중요한 과목이 아니니까.', '사회는 영어, 수학보다 쉬우니까.'와 같은 생각들을 하며 사회 공부를 소홀히 하지는 않나요? 우등생이면서도 유독 사회 과목에만 관심이 없는 현우처럼 말이에요. 하지만 사회 과목에서 배우는 내용은 여러분이 살아가면서 늘 활용해야 하는 것들이에요.

여러분의 꿈은 무엇인가요? 요리사? 파일럿? 프로그래머? 어떠한 직업이든 사회 과목과 아예 관련 없는 직업은 없어요. 그럼 우리가 사회 시간에 배우는 내용이 앞으로의 생활과 꿈을 이루는 데 어떻게 도움이 될지 조금 더 알아볼까요?

사회 시간에 가장 많이 배우게 되는 내용 중 하나가 바로 우리가 사는 고장과 다른 고장의 지리, 인문 환경에 대한 공부예요. 이런 단원들에서는 우리나라 곳곳에 대해 속속들이 배우게 되지요. 커서 이사나 여행 계획을 세울 때, 특정 지역에서 일어난 사회적인 사건들을 이해할 때, 어떤 지역에서 사업을 하거나 그 지역을 대상으로 한 영업 전략을 세울 때, 사회 시간에 배운 내용들이 큰 도움이 될 거예요.

또한 우리나라의 정치 제도와 민주주의에 대해서도 배워요. 이때 배운 내용들은 앞으로 여러분이 국민으로서 의무를 다하고 권리를 찾는 데에 도움이 되지요. 이 수업 내용을 잘 배워 둔다면 다른 사람의 권리를 침해하여 처벌을 받거나 반대로 억울하게 피해를 보는 일도 없겠지요? 더불어 여러분이 원하는 바를 사회에 반영시키기 위해서는 투표를 비롯한 사회 활동에 꼭 참여해야 한다는 점도 배우게 될 거예요.

사회 시간에 배우게 되는 경제 공부도 유용한 내용들이에요. 여러분이 자신과 가정의 돈을 관리하고, 사회 활동을 하는 데에도 꼭 필요한 지식이지요. 그리고 오늘날에는 많은 사람이 경영, 영업, 회계 등 경제와 관련된 일을 하고 있어요. 그런 일들은 경제를 공부해야 더 잘할 수 있는 일들이지요.

마지막으로 사회 시간에는 여러 가지 사회 현상과 변화에 대해 배워요. 요즘 어린이들은 정보화나 세계화, 고령화 사회에 대해 배우고 있지요. 이런 내용들은 현재와 미래의 사회 변화에 대처할 수 있는 안목을 길러 줘요.

우리가 사회 시간에 공부를 하는 것은 뛰어난 인재로서의 자질을 기르는 과정이지요. 어른이 되어 꿈을 펼칠 날을 상상하며 앞으로 사회 시간에 더 적극적으로 참여해 보세요. 여러분이 커서 어떤 직업을 갖고 어디에 살아가든 그 공부가 여러분에게 큰 경쟁력이 되어 줄 거랍니다.

2

용어가 너무
어려워요

　　민주는 새 학년을 맞아 대청소를 하고 있어요. 중학교에 올라가기

때문에 초등학교 때 쓰던 책과 물건들을 정리했어요. 책장에 꽂혀 있

던 책과 공책들을 빼서 바닥에 내려놓기 시작했어요.

　　"누나, 뭐해?"

　　남동생 기주가 민주의 방을 기웃거렸어요. 개구쟁이인 기주는 공

부보다는 축구와 더 친해요. 그래서 누나가 한 학년 동안 이렇게 많

은 참고서를 보고 공책을 썼다는 사실에 깜짝 놀랐지요.

"누나, 이건 컨닝 페이퍼야?"

"뭐? 그럴 리가!"

민주는 깜짝 놀라 기주의 손에 들린 조그만 공책을 보았어요. 자세히 보니 민주가 사회 공부를 하며 정리한 것이었어요. 이전과는 다르게 6학년이 되면서부터 사회 시간에 낯선 용어가 많이 나왔지요. 그래서 모르는 용어를 모아서 쭉 정리해 둔 거였어요.

"에이, 이건 그냥 공부할 때 쓴 공책이야. 6학년이 되면 어려운 말이 엄청 많이 나오거든."

"6학년? 난 지금도 어려운데……. 점점 더 어려워진단 말이야?"

겁주는 듯한 민주의 말에 기주는 머리를 긁적였어요. 그러고는 아쉬운 듯 민주의 공책을 다시 훑어보았지요.

'평소에 이렇게 어려운 용어를 정리해서 보면 사회가 지금보다 10점은 오를 것 같네.'

민주처럼 용어 공책을 따로 만들어 놓으면 매번 그 뜻을 찾기 위해 사회책 전체를 뒤져 볼 필요가 없을 것 같았어요. 기주는 사회 공부할 때마다 머릿속이 뒤죽박죽이 되었거든요.

선생님의 설명과 함께 수업을 들을 때는 낯선 용어도 어렵게 느껴지지 않았어요. 하지만 그 용어가 다른 용어들과 함께 문제에 나오면 자주 헷갈리곤 했어요. 시간이 지나 잊어버렸기 때문이에요. 그럴 때마다 기주는 그 용어가 어떤 단원에서 나온 것인지 떠올려 보느라 애를 먹었어요.

'다음 중 우리 지역에 관해 조사하는 방법으로 옳지 않은 것은 무

엇인가요? 1번, 어르신들께 방언에 대해 여쭤 본다. 2번, 향토 홍보물을 살펴본다……. 아, 이게 다 무슨 말이지? 방언이 뭐더라? 향토? 그건 어느 단원에 나온 거더라?'

속으로 이런 질문들을 하며 사회 교과서를 다시 앞부터 뒤지다 보면 어느새 지쳐 버리고 말았지요. 그러다 보니 사회 공부가 점점 싫어지게 되었어요.

다시 누나의 공책을 본 기주가 말했어요.

"이 공책처럼 용어 사전을 계속 만들면 좋겠다. 사회 교과서에 나온 어려운 용어들만 따로 모아서 궁금할 때마다 찾아볼 수 있게 말이야."

민주도 고개를 끄덕였어요.

"그래. 앞으로 학년이 올라가면 평상시에 잘 안 쓰는 용어들이 교과서에 많이 나오니까 이렇게 따로 정리해 두면 편할 거야."

민주는 기주한테도 지금부터 사회 용어 사전을 만들어 보라고 했어요. 기주는 언제든 꺼내 보기 쉬운 작은 공책을 가져왔지요.

"사전이니까 가나다 순서대로 단어를 적으면 되겠지?"

"그래, 나중에 새로 배우는 단어들도 써야 하니까 충분히 간격을

두고 말이야."

민주의 말을 듣고 기주가 손뼉을 치며 말했어요.

"찾아보기 표를 붙여서 진짜 사전처럼 'ㄱ, ㄴ, ㄷ' 표시를 하면 되겠다! 단어는 눈에 잘 띄는 색깔로 써야지."

"단어와 뜻만 쓰지 말고 어떤 단원에서 나왔는지를 같이 적어 놓으면 나중에 공부할 때 도움이 될 것 같아."

민주와 기주는 아이디어를 쏟아 냈어요. 그리고 함께 기주의 사회 용어 사전을 만들어 보았지요.

시간이 흘러 기주는 4학년이 되었어요. 새 학년이 되어 치르게 된 첫 시험에서 기주는 자신이 만든 사회 용어 사전을 유용하게 사용했어요. 학년이 올라 쏟아져 나오는 생소한 단어들 때문에 애를 먹은 반 친구들은 그 사전을 보고 감탄했어요. 기주는 자신이 어떻게 용어 사전을 정리했는지 친구들에게 알려 줬어요.

"사전이란 건 두고 두고 봐야 하니까 얇지 않은 공책에 쓰는 게 좋아. 그리고 나중에 못 알아보는 일이 없도록 글씨도 깨끗이 써야 해."

"우아, 기주 넌 어떻게 이런 생각을 했어?"

"중학교에 간 누나가 가르쳐 줬어. 우리 누나는 공부 진짜 잘하거든."

"그래? 그럼 너도 공부 잘하겠구나!"

친구들에게 기대를 잔뜩 받으니 기주는 조금 부끄러웠어요. 하지만 올해는 정말로 공부를 열심히 해 봐야겠다고 결심했지요.

기주는 집에 돌아가자마자 누나에게 그날의 일을 이야기했어요. 자신과 함께 만든 사전 덕에 기주가 사회 공부에 흥미를 가지게 되었다니, 민주는 참 기뻤어요.

"지금 정리한 건 얼마 안 돼. 앞으로 5, 6학년이 되면 책이나 신문에 나오는 어려운 단어들이 수도 없이 나온단 말이야. 그러니까 꾸준히 잘 정리해야 해. 알겠지?"

기주는 고개를 끄덕였어요. 이제 기주도 누나처럼 우등생이 될 자신이 있었답니다.

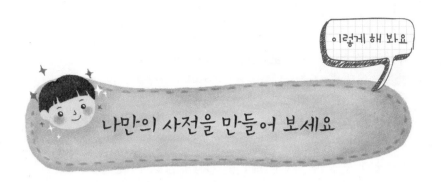

나만의 사전을 만들어 보세요

　학년이 올라갈수록 사회 시간에 점점 어렵고 생소한 용어들이 나올 거예요. 그런데 모든 용어의 뜻이 교과서에 따로 정리되어 있는 것은 아니에요. 그래서 보통 낯선 용어가 나오면 문맥에 따라 추측해 보거나 어른들께 그때그때 여쭤 보지요. 그래도 고학년이 될수록 수많은 용어의 홍수 속에 혼란스러워지는 것을 느낄 거예요.

　어떤 용어들은 쉽게 그 뜻을 추측할 수 있다고 생각될 거예요. 예를 들어 우리 국민이 가지는 권리 중 '사회권'이라는 것이 있어요. 사회라는 말이 익숙하고 어렵지 않으므로 사회권이라는 단어 역시 처음 들었을 때는 아는 용어처럼 느껴질 수 있지요. 때문에 '사회 활동을 할 수 있는 권리인가?'라고 막연하게 생각하고 넘어갈 수 있지만, 그러다 보면 다른 기본 권리들과 그 의미를 헷갈릴 수 있답니다.

만약 다음과 같은 사례를 보기로 보여 주면 어떨까요?

문제〉 사회권, 참정권, 청구권 중 다음 설명에 알맞은 기본권은 무엇인가요?

1. 올바른 사회를 만들고 싶어 대통령 선거에 출마했다. (　　　)

2. 부당한 일을 당해 소송을 했다. (　　　)

3. 모든 어린이는 배울 권리가 있다. (　　　)

문제의 답은 순서대로 참정권, 청구권, 사회권이에요. 만약 사회권의 뜻을 사회와 관련된 권리라고 부정확하게 공부했다면, 어떤 것이 사회권과 더 관련 있는 내용인지 헷갈릴 수 있어요. 사회권이란 국민이 사람다운 생활을 하기 위해 필요한 조건을 국가에 요구할 수 있는 권리로 교육과 노동, 쾌적한 환경 등에 관해 이야기하고 있는 보기가 정답이지요. 이처럼 용어의 의미를 정확하게 알고 있지 않으면 문제 풀이를 할 때 자신 있게 정답을 고를 수 없어요.

새로운 용어를 배우고 이해해서 바로 별도의 공책에 정리해 보면 어떨까요? 기억나지 않는 어려운 말이 나올 때마다 뜻을 알기 위해 사회책을 처음부터 뒤질 필요가 없어질 거예요.

　이러한 편리함 때문에 서점에서는 초등학교 사회 용어 사전들을 판매하고 있어요. 하지만 사전에 아무리 많은 용어가 실려 있다 해도 여러분이 열심히 보지 않는다면 소용이 없어요. 나만의 용어 사전은 직접 그 용어의 뜻을 찾아보고 적어 보아야 하니 학습 효과가 더 높겠지요? 다른 과목을 공부할 때에도 이렇게 직접 용어 사전을 만들어 보세요. 각 과목의 성적이 오를 뿐 아니라 어휘력도 넓어지고 공부 습관도 개선될 거랍니다.

3 외울 것이 너무 많아요

"기후는 고온다습하고…… 고온다습……."

준희는 펜 끝으로 책 표지를 두드리며 골똘히 생각했어요.

'고온다습이 뭐더라?'

책에 여러 번 밑줄을 치며 외웠는데 기억이 나지 않았어요. 준희는 하는 수 없이 다시 책을 펼쳐 보았어요. 그러자 새까맣게 동그라미가 쳐진 '해양성 기후'라는 단어가 눈에 들어왔어요. 준희는 스스로 이마를 치며 말했어요.

"아, 맞다! 해양성 기후! 왜 자꾸 이걸 까먹지?"

준희는 책을 덮으며 한숨을 쉬었어요. 사회 공부는 너무 어려운 것 같았어요. 특히 여러 지방에 대해 배우는 단원은 자신이 없었지요. 아무리 공부를 해도 시험 시간만 되면 외운 것의 반밖에 기억이 나지 않았거든요. 준희는 다시 한 번 연습장을 들여다봤어요.

옆에서 준희의 모습을 지켜보던 친구 혜라가 말을 건넸어요.

"너 사회 공부 되게 열심히 하는구나? 그렇게 밑줄을 많이 긋다가 책이 닳아 없어지겠어!"

혜라의 농담에도 준희는 웃음이 나오지 않았어요.

"열심히 하면 뭐해. 책만 덮으면 헷갈려서 시험 보면 다 틀려 버리는걸. 사회는 아무리 해도 잘 안돼."

"좀 쉬었다 하지 그래?"

"그럴까? 그런데 너는 이번에 보는 사회 시험 공부 다 끝냈어?"

혜라는 어깨를 으쓱하며 대답했어요.

"우리나라 지역들의 특징 나오는 단원 말이야? 그건 그저께 끝내고 지금 다른 과목 공부 중이지."

"정말? 외울 게 엄청 많던데. 혹시 매일 사회만 공부한 거 아냐?"

준희의 호들갑에 혜라는 웃음이 터졌어요.

"그럴 리가! 다른 과목만큼만 했어."

"정말? 그 많은 지역 특징이랑 특산물들을 어떻게 다 외웠어?"

준희가 묻자 혜라는 곰곰이 생각해 보더니 말했어요.

"서로 연관되어 있는 내용이 많아서 몇 가지만 이해하면 금방 끝낼 수 있어. 너 설마 하나하나 다 외우고 있는 거야?"

"당연한 거 아니야? 한 페이지 외우는 데에도 한 시간씩 걸려."

준희는 울상이 되었어요. 혜라는 준희를 걱정스럽게 쳐다보았어요. 매번 사회 공부만 하다가 시험 기간을 다 보내고 마는 준희를 도와주고 싶었지요. 혜라는 준희가 열심히 보고 있는 연습장을 한번 보았어요. 연습장에는 우리나라의 강과 산맥, 바다, 지역 이름들과 그곳의 특징들이 쭉 나열되어 있었어요. 그것을 훑어본 혜라가 말했어요.

"이렇게 무작정 외우려고 하면 나라도 당연히 오래 걸릴 거야. 하지만 왜 그 지역에 그런 특징이 생기는 건지 이해하고 나면 생각보다 쉬워. 예를 들면……."

준희는 눈을 동그랗게 뜨고 혜라의 말을 기다렸어요.

"아! 여기 보면 나주, 김포, 군산, 김해 같은 곳은 공통적으로 특산물이 쌀이지? 쌀은 논농사를 통해 거두어들이니까 물이 풍부해야 해. 물론 기온도 너무 낮으면 안 되지만 말이야. 그렇지 않아?"

준희가 고개를 끄덕이자 혜라가 말을 이었어요.

"작은 물줄기들이 모여 강이 되고, 강줄기들이 또 하나로 모여 바다로 흐르잖아. 그러니까 강 하류에는 수량이 엄청나게 풍부해지겠지? 그래서 강 하류에는 논농사하기 좋은 큰 평야들이 발달하는 거야. 나주, 김포, 군산, 김해는 바로 강 하류 쪽에 있는 지역이야."

"그럼 강 하류에 있는 지역들은 대부분 특산물이 쌀이란 거야?"

"응. 큰 강들은 대부분 큰 평야 지대를 가지고 있으니 그 평야의 위치만 외우면 돼. 우리가 이번에 배운 한강 하류의 김포 평야를 생각해 봐. 금강 하류의 논산 평야, 섬진강 하류의 나주 평야도 마찬가지지. 그러니까 큰 강에 대해서 공부할 땐 하류의 평야도 함께 알아 두는 거야. 보통 평야 지역의 특산물 중 하나는 쌀이니까 외울 게 하나 줄어드는 셈이지."

준희는 혜라의 이야기를 들으며 고개를 끄덕이며 말했어요.

"이렇게 들으니까 공부하기가 조금 더 쉬울 것 같긴 하다. 근데 다른 것들도 그렇게 쉽게 외울 수 있을까?"

혜라는 다른 예도 한번 이야기해 주겠다며 다시 준희의 연습장을 살펴봤어요.

"해안 지역에 대해서 공부하다 보면 왜 똑같이 바닷가에 있는데 특산물은 저마다 다른 건지 궁금하지 않니?"

혜라의 말에 준희는 고개를 끄덕이며 맞장구쳤어요.

"맞아! 해안 지역이라고 다 같은 게 아니라서 너무 헷갈려."

"바다의 깊이나 온도, 해안선의 모양 같은 것들이 바다마다 달라서 그래. 동해는 수심이 깊고 한류랑 난류가 만나는 곳이라 어종이 풍부해. 대구 같은 한류 어종도, 오징어 같은 난류 어종도 많이 잡히지. 봐봐. 동해안의 지방들은 특산물이 다 비슷하지?

"어? 정말 동해안의 특산물은 다 비슷하다."

"서해는 해안선이 복잡하고 밀물과 썰물의 차이가 크대. 수산업이 잘 발달할 조건을 갖춘 거지. 그래서 김, 굴, 바지락, 소금 등을 얻기가 좋아. 이렇게 서해, 동해, 남해의 특징을 한 번씩 외우면 각 지역의 특산물은 금방 외울 수 있을 거야."

준희가 연습장을 다시 살펴보자 정말 각 방향의 바닷가에 위치한 지역들끼리 서로 특산물이 비슷한 것을 알 수 있었어요.

"이야, 너 진짜 대단하다! 사회 선생님 같아."

"대단하긴 뭘. 아무튼 너도 이렇게 지형들의 특징부터 먼저 이해하면 공부하기가 더 쉬워질 거야."

혜라의 설명을 들으니 준희는 기운이 났어요. 사회 공부하는 게 막막하기만 했는데 이제 자신감이 생긴 느낌이었지요. 준희는 좋은 공부 방법을 가르쳐 준 혜라가 정말 고마웠답니다.

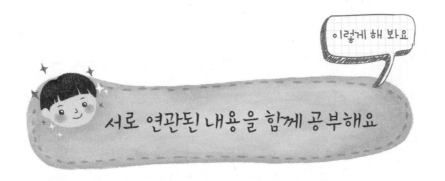

서로 연관된 내용을 함께 공부해요

다양한 지역의 특징과 그곳에 사는 사람들의 삶에 대해 연구하는 학문을 지리라고 해요. 초등학생들도 사회 시간에 지리를 배우지요. 그런데 수많은 지역에 대해 배우다 보니 기억해야 할 내용들이 많아요. 지리학자는 만물박사라는 말이 있을 정도로 지리에서 공부하는 정보는 아주 방대해요.

그래서 지리 관련 단원을 배울 때에는 막막하게 느껴질 수도 있을 거예요. 한 지역의 이름과 위치, 기후, 교통, 산업, 특산물, 인구 등을 외우는 것도 힘든데, 우리나라만 해도 수많은 지역이 있으니 공부할 분량이 정말 많지요. 그래서 사회를 공부할 때 지리를 어렵게 느끼는 것은 당연한 일인지도 몰라요. 그런데 사실 지리의 여러 정보는 서로 연결되어 있어요.

우리가 살아가는 환경은 크게 자연환경과 인문 환경으로 나뉘어요. 자연적으로 생겨난 지형이나 기후, 토양 등이 자연환경이고 각종 시설이나 교통, 산업 등 사람들이 만들어 놓은 환경을 인문 환경이라 말하지요. 그런데 인문 환경은 대부분 자연환경을 바탕으로 생겨요. 지형이 완만하고 비옥한 곳에는 예부터 논과 마을이 발달했고, 현대에는 큰 도시가 자리 잡은 곳이 많아요. 큰 배가 들어오기 좋은 해안가에는 항구가 들어서고 무역이 발달하지요. 이렇듯 한두 가지 사실만 외워도 연관된 다른 몇 가지를 저절로 외울 수 있다는 것을 알 수 있을 거예요.

그러니 지리 공부가 어렵게 느껴져도 너무 걱정하지 마세요. 그 지역의 지형과 기후의 특징 등 자연환경에 대해 먼저 공부하면, 그 지역의 산업이나 인구, 교통 등 인문 환경이 왜 현재와 같이 되었는지 자연스럽게 이해할 수 있어요. 이렇게 원리를 알고 공부한다면 더 쉽게 외워질 뿐 아니라 문제를 풀 때에 헷갈리는 일도 없을 거예요.

4

내용이 너무
생소해요

"책만 보지 말고! 인라인스케이트 타러 가자!"

정민이가 서현이의 사회책을 휙 뺏어서 달아났어요. 서현이는 화들짝 놀라 정민이를 쳐다봤어요.

"내 사회책 내놔!"

서현이는 벌떡 일어나 정민이를 쫓아갔어요. 정민이는 쏜살같이 도망갔지요. 한참 후, 숨이 찬 둘은 달리는 것을 멈추었어요. 겨우 책을 돌려받은 서현이는 정민이를 나무라듯 이야기했어요.

"어휴, 너는 왜 이런 장난이나 치고 있니? 다음 주가 시험이야, 이 친구야!"

정민이는 헤헤 웃으면서 손을 내저었어요.

"그냥 보지 뭐. 어차피 학교에서 배우는 것은 재미없고 별로 쓸데도 없잖아. 이 사회 과목만 봐도 그래. 세계화나 민주주의 같은 걸 지금 초등학생인 우리가 배워서 뭐하겠어? 어차피 어른들이 다 알아서 해 주시는데! 읽어도 무슨 말인지 이해도 안 가고 말이야."

정민이의 억지스런 평계에 서현이는 황당했어요. 하지만 정민이를 어떻게 설득을 해야 할지 몰랐어요. 정민이는 고집불통이니까요.

다음 날, 사회 시간에 담임 선생님께서 숙제를 내셨어요. 우리 지역에 관한 신문 기사를 스크랩하라는 것이었어요. 사회 공부라면 질색하는 정민이는 서현이에게 함께 숙제를 하자고 졸랐어요.

그날 오후에 서현이는 지나간 신문을 잔뜩 들고 정민이네 집으로 갔어요. 둘은 신문들을 차례로 살펴보았어요. 정민이는 기사들의 내용이 너무 어렵다며 투덜거렸지요. 그러다가 갑자기 기사 하나를 보고는 흥분된 목소리로 말했어요.

"어? 이것 봐! 우리 학교가 기사에 나왔어!"

"정말? 어디에 나왔어?"

정민이는 기사 제목을 소리 내어 읽었어요.

"정문 앞 물류 센터? 등굣길 안전 위협? 이게 무슨 소리야?"

정민이네 학교의 등굣길이 위험에 처해 있다는 것 같았어요. 무슨 이유인지 궁금했지요. 이번에는 서현이가 신문을 받아 찬찬히 읽어 봤어요.

"우리 학교 정문 쪽에 물류 센터가 지어지려나 봐. 우리 등굣길로도 화물차들이 지나다닐 거라는 이야기인 것 같아."

기사를 읽은 서현이의 표정이 어두워졌어요. 기사 내용을 들은 정민이가 말했어요.

"그러고 보니 우리 할아버지 댁 근처에도 물류 센터가 있는데, 어마어마하게 큰 트럭들이 쌩쌩 다녀. 그래서 항상 차를 조심하라고 할아버지께서 그러셨어."

서현이도 고개를 끄덕이며 맞장구쳤어요.

"그렇구나. 우린 키도 작은데 기사 아저씨들 눈에도 잘 안 띄면 어

떻게 하지?"

정민이는 그 이야기를 듣자 온몸이 오싹했어요.

"그렇게 위험한 걸 초등학교 앞에 지어도 되는 거야? 누가 그렇게 해도 된다고 허락해 준 거야? 가만, 원래 자기 땅에는 마음대로 건물을 지을 수 있는 건가? 아닌가? 잘 모르겠네."

서현이가 어이없다는 듯이 대꾸했어요.

"말도 안 돼! 자기 땅이라고 모두가 자기 하고 싶은 대로 한다면 세상이 무법천지게?"

고개를 갸우뚱하던 정민이는 선생님께 여쭤 봐야겠다며 그 기사를 잘라 공책에 붙였어요.

다음 날 사회 시간, 선생님께서는 정민이가 가져온 기사를 아이들에게 읽어 주셨어요.

"우리와 밀접하게 연관되어 있는 기사로 잘 찾아왔구나. 정민이와 서현이는 이 기사를 보면서 어떤 생각이 들었니?"

"큰 트럭들이 계속해서 지나다니면 시끄러워서 수업에 집중도 안 될 것 같아요."

"학교 앞인데 학생의 안전을 생각하지 않고 그런 시설을 짓겠다니 화가 나요. 그런데 땅의 주인이 물류 센터를 짓겠다고 하면 우리는 아무 말도 할 수 없는 건가요?"

서현이와 정민이의 말에 친구들도 모두 고개를 끄덕였어요. 선생님은 아이들을 둘러보시면서 빙긋 웃으셨어요.

"자기 땅에 자기가 원하는 시설을 짓는 것은 물론 땅 주인의 권리겠지. 하지만 안전하게 등교하는 것 역시 너희의 권리란다."

"그런 권리도 있어요?"

"그럼. 우리는 인간다운 삶을 살아가기 위해 필요한 것들을 국가에 요구할 권리가 있단다. 그것을 사회권이라고 하지. 그 물류 센터가 생겨 너희들이 쾌적하고 안전한 환경에서 교육받을 수 없게 된다면 너희들의 사회권을 침해하는 셈이야."

안전하게 학교에 오가는 것도 권리의 하나라니, 정민이는 놀랐어요.

"이렇게 권리를 침해당했을 때에는 어떻게 해야 할까? 국가에 중재해 달라고 요구할 수도 있단다. 그게 바로 청구권이야."

평소에는 어렵게만 느껴졌던 내용이지만, 지금은 쏙쏙 이해되었어요. 정민이는 연신 고개를 끄덕이며 선생님 말씀을 받아 적었어요. 선생님은 정민이를 기특해하셨어요.

"정민이가 그 물류 센터 문제에 대해 아주 진지하게 생각하고 있구나?"

"물론이죠! 전 계속해서 안전하게 학교도 가고, 인라인스케이트도 타고 싶거든요. 어린이인 저한테도 권리가 있다는 걸 알았으니 제 권리를 꼭 지킬 거예요."

정민이의 말에 선생님이 웃으며 말씀하셨어요.

"그래. 그렇다면 어떻게 청구권을 행사할 수 있는지 선생님이 자세하게 알려 줄게."

수업 시간에 열심인 정민이의 모습에 서현이는 깜짝 놀랐어요. 사회 공부가 쓸데없다고 투덜대던 이전까지의 모습과는 딴판이었으니까요. 정민이의 모습을 보며 서현이는 이런 숙제를 통해 사회 공부에 쉽게 흥미를 가지게 해 주신 선생님께 감사했답니다.

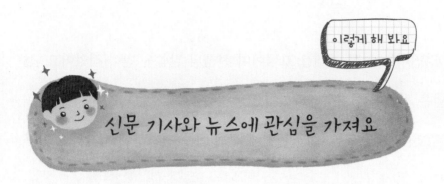

신문 기사와 뉴스에 관심을 가져요

사회 과목에서는 시장 경제, 국제 분쟁, 종교 갈등 등 여러분들이 아직 실제로 겪어 보지 못한 개념을 배우기도 해요. 수업을 통해 처음 배우는 이러한 내용들은 초등학생에게는 낯설게 느껴질 수도 있어요. 그러다 보니 정민이처럼 사회 과목에 흥미를 잃은 친구들도 있을 거예요.

만약 사회가 재미없고 어렵게만 느껴진다면 신문이나 뉴스에서 관심이 가는 기사들을 찾아 읽어 보세요. 기사를 자세히 들여다보면 사회 시간에 배웠던 내용을 찾을 수 있어요. 다른 나라에 관한 기사, 좋아하는 연예인에 대한 기사, 살고 있는 도시를 새롭게 정비하는 문제에 대한 기사 등 어떤 것이라도 좋아요. 그런 기사들 중 사회 시간에 배운 개념들과 관계가 없는 것은 거의 없어요.

예를 들어 어떤 지역에서 초등학교 등교 시간을 9시로 늦추고자 한다는 기사가 나왔어요. 아침에 눈뜨기가 힘들었던 친구들에게는 매우 기쁜 소식일 거예요. 이 기사에는 사회 과목의 어떤 개념이 담겨 있을까요? 수업 시작 시간을 늦추는 것은 어린 학생들의 수면권을 보장하기 위해서라고 해요. 충분히 잠을 자는 것도 권리의 하나라니 정말 놀랍지요. 그런데 아무리 국가 기관이라도 이런 결정을 마음대로 정할 수 있는 것은 아니에요. 학생 및 학부모들과의 충분한 의견 교류를 통해, 불만이나 문제가 있는지 살펴야 해요. 사회 시간에 배웠듯이 일반 국민들도 자신들과 관계된 정책에 대한 결정에 의견을 제시할 수 있기 때문이지요. ·

　이처럼 기사 속에서 다뤄지고 있는 사건들에 대해 친구나 어른들과 토론을 해 보세요. 대화 속에서 사회 시간에 공부했던 개념들이 많이 등장할 거예요. 여러분과 관계되는 사례들을 통해, 사회 시간에 배운 개념을 한번 더 익힌다면 더욱 선명하게 기억에 남게 될 거랍니다.

5

지도 보기가
어려워요

성진이는 오늘 본 사회 시험지를 꺼내 보았어요. 평소와는 달리 점수가 좋지 않았어요. 성진이는 틀린 문제들을 차근차근 훑어봤어요.

'3번이랑 7번, 8번, 10번 문제는 지도가 나오는 문제니까 틀려도 할 수 없었구나. 또 다른 건 뭘 틀렸지?'

성진이는 지도가 나오는 문제는 틀려도 어쩔 수 없다고 생각했어요. 시험에서 지도가 나오면 도대체 어느 지역인지 알아볼 수 없었거든요. 선생님께서 매번 똑같은 지도로 문제를 내시면 좋을 텐데 말이지요.

이번 시험에도 새로운 지도가 네 개나 나왔어요. 선생님께서 직접 그리신 아시아의 지도였어요. 성진이가 공부했던 참고서의 지도보다 간략하고 표시한 내용도 조금 달랐어요.

'동아시아만 나온 지도는 본 적이 없었는데……. 처음 보니까 당연히 틀린 거야.'

시험 전에 동아시아와 우리나라가 함께 나온 지도를 여러 번 봤는데도, 시험에 나온 지도는 낯설기만 했어요.

마침 퇴근하고 집에 오신 아빠가 성진이의 방으로 들어오셨어요. 성진이는 자기도 모르게 시험지를 책 밑으로 감추었어요. 평소에는 친구처럼 친근하게 느껴지는 아빠이시지만, 많이 틀린 시험지를 보여 드리기는 부끄러웠거든요.

"성진이 너, 뭐 잘못한 거라도 있니?"

아빠가 장난치듯이 책을 확 들추자, 작대기가 많이 그어진 성진이의 시험지가 나왔어요. 창피한 듯 머리를 긁적이는 성진이를 보고 아빠가 물으셨어요.

"왜 시험지를 감추고 그랬어?"

"그게……, 너무 많이 틀린 것 같아서요. 다른 때엔 이것보다 잘 보거든요."

"그래? 이번에는 왜 더 많이 틀렸니?"

성진이는 지도가 매번 헷갈린다고 말씀드렸어요. 교과서나 참고서에서 봤던 지도가 아닌 새로운 지도가 나오면 어디가 어떤 지역인지 잘 알아볼 수가 없다고 말이지요. 아빠는 시험지에 나온 지도들을 다시 한 번 살펴보더니 말씀하셨어요.

"이 지도들은 선생님께서 직접 그리신 것 같구나. 그래도 이미 공부했던 지역이고 잘못 그리신 것도 아닌데 전부 틀리고 말았네. 우리 성진이가 지도 보는 데에 약하구나."

성진이는 풀이 죽어 고개를 끄덕였어요. 아빠가 성진이의 머리를 짓궂게 헝클며 말씀하셨어요.

"뭘 풀이 죽고 그래! 다음번에는 지도부터 공부해서 완벽하게 끝내면 되지."

"이번에도 열심히 하긴 했어요."

"그럼 다음엔 아빠랑 같이 해 보자."

다음 날, 아빠는 기름종이와 백지도, 색연필을 사 오셨어요. 그리고 성진이에게 사회과 부도책을 가져오라고 하셨지요. 아빠가 가져오신 것들을 본 성진이는 깜짝 놀랐어요.

"지도를 그리려고요? 하지만 전 아직 보는 것도 잘 못하는걸요."

"직접 그려 보면 이미 그려진 지도를 보는 것쯤은 일도 아니란다."

아빠는 먼저 성진이에게 우리나라의 백지도를 내미셨어요.

"우리나라의 지도를 제일 많이 봐 왔을 테니까 우리나라 지도부터 그려 볼까?"

성진이는 자신이 없었지만 일단 사회과 부도책을 보며 따라 그리기 시작했어요.

"일단 가운데 왼쪽에 이렇게 경기도를 그리고……. 그 옆에 강원도고……. 경기도 밑에는 충청북도를 그리고……."

성진이는 경기도에서부터 위아래로 이웃한 도들을 그렸어요. 그런데 잠시 후, 8개 도를 다 그리고 나니 이상하게도 사회과 부도책 속의 지도와 많이 달라 보였어요.

'지도를 보고 똑같이 따라 그렸는데 이상하다. 왜 이렇게까지 다르게 그려졌지?'

고개를 갸우뚱하는 성진이를 보고 아빠가 미소를 지으셨어요.

"어때? 성진이가 그린 게 원래 지도랑 좀 다르지?

왜 그렇게 됐을까?"

"그러게 말이에요. 지도를 따라 다 똑같이 그렸다고 생각했는데 전라도가 경기도보다 너무 작게 그려졌어요."

아빠도 고개를 끄덕이셨어요. 그러고는 지도를 그릴 때는 특정한 위치를 기준으로 지도상에서 지역의 정확한 위치를 기억해 보라고 충고해 주셨어요. 그 후에 지역 간의 위치 관계를 따져 보면 훨씬 정확한 지도를 그릴 수 있을 거라고 말이지요.

성진이는 지도의 해안선에서 특징적인 곳들을 찾아봤어요. 서해에서 육지 쪽으로 해안선이 움푹 들어간 곳부터 경기도의 경계선을 그렸어요. 아까 전에 그렸던 도의 경계선과 비교해 보니, 처음에 경기도를 너무 크게 그렸던 것 같았지요. 해안선의 특징적인 곳들을 기억해 가며 도의 경계선을 그리자 이번에는 사회과 부도책의 지도와 꽤 비슷한 모양이 되었어요. 아빠도 칭찬을 해 주셨어요.

"이번에는 좀 더 잘 그려진 거 같지? 자, 그럼 다음에는 뭘 그려 보면 좋을까? 산맥이나 강 같은 것을 그려 보면 다른 지형들의 위치를 찾는 데에 도움이 될 거야."

아까보다 조금 자신감이 생긴 성진이는 경상북도의 남쪽부터 강원도 북쪽까지 태백산맥을 따라 그렸어요. 소백산맥은 강원도와 경상북도, 충청북도 등 각 도의 경계를 따라 이어져 있어서 쉽게 그릴 수 있었어요. 산맥을 다 그리고 큰 강까지 그리고 나니 성진이의 지도도 제법 모양을 갖추게 되었어요. 산맥과 강의 위치에 따라 평야와 큰 산들을 표시하는 것은 훨씬 수월했지요.

지역의 정확한 위치를 알고 지도를 그리자 성진이는 지도가 머릿속에 저장된 기분이었어요. 이제는 지도에 어떤 내용이 생략되고 어떤 내용이 표시되었든 헷갈리지 않을 것 같았지요.

성진이의 예감은 틀리지 않았어요. 얼마 후에 본 사회 시험에서 100점을 맞았거든요. 어려운 지도 문제가 나와서 많은 친구가 틀렸는데도 말이지요. 친구들은 지도 문제를 다 맞힌 성진이를 신기하고 부러운 눈으로 바라봤어요. 성진이는 이제 복잡한 지도 문제가 나올까 걱정할 필요가 없어서 기뻤답니다.

지도와 친해져 보세요

이렇게 해 봐요

지리 공부를 열심히 했는데 지도를 잘못 봐서 답을 틀린다면 너무 속상하겠지요? 성진이처럼 말이에요. 혹시 여러분도 사회의 다른 단원보다 지도가 나오는 단원을 어려워하진 않나요? 교과서나 참고서에서 보지 못했던 지도가 나왔을 때 당황스럽다면 아직 그 지역의 지도와 충분히 친해지지 않은 거예요. 지형적 특징을 익히지 않는다면 같은 지역의 지도인데도 서로 다른 지역의 지도처럼 느껴질 수 있어요. 지도마다 그리는 비례와 범위, 표시 정보가 모두 다르고, 생략하는 부분이 다르기 때문이지요.

성진이가 했던 것처럼 백지도에 나타내고 싶은 요소를 그려 넣어 지도를 완성해 보세요. 백지도란 원하는 정보를 직접 적어 넣을 수 있도록 지형의 윤곽만을 표시해 둔 지도예요. 인터넷이나 문구점 등에서 쉽게 구할 수 있어요. 또는 얇은 종이를 지도에 대고 해안선, 국경선들만 따라 그린다면 바로 백지도를 만들 수 있지요.

먼저 백지도를 만들면서 해안선의 특징을 확실히 익혀 두는 것도 좋은 방법이에요. 해안선의 특징으로부터 큰 강의 위치를 추측할 수 있기 때문이에요. 큰 강의 위치를 표시하고 산맥의 위치를 찾으면, 그것들을 바탕으로 평지와 산지를 찾을 수 있어요.

이렇게 지형의 특징들을 직접 그려 보고 나면, 지도를 눈으로만 공부할 때보다 훨씬 정확하게 익힐 수 있을 거예요. 자신이 없으면 처음에는 기름종이를 지도에 대고 전체를 한번 따라 그리는 것도 좋은 방법이에요. 그 후에 백지도를 활용해 지형의 특징을 생각하며 지도를 그려 보는 거지요. 지명뿐만 아니라 각 지역의 기후나 특산물, 인구, 산업 등을 표시한 지도들도 그려 보세요. 각 특산물을 그림으로 표시해 보거나 인구가 많은 순서대로 진한 색깔로 지역을 색칠해 보는 등, 지금까지 배웠던 표기 방법을 활용해 보아도 좋아요. 이렇게 반복해서 여러 테마의 지도를 그리다 보면 지형 자체도 익히면서 다른 지리 공부도 함께할 수 있으니 일석이조이겠지요?

개념 이해가
어려워요

6

잠자리에 누운 민후는 옆에 놓인 사회 공책을 펴 보았어요. 오늘 사회 시간에 배운 내용이 잘 이해가 가지 않았거든요. 요즘 민후네 반은 우리나라의 정치 제도와 정부 기관들에 대해 배우고 있어요. 민후도 수업을 열심히 들어서 대의 민주주의나 삼권 분립이 무엇을 뜻하는지는 알고 있었지요. 하지만 왜 그렇게 정치 제도를 복잡하게 만들고 어려운 이름을 붙이는 건지 솔직히 이해가 안 갔어요.

'왜 나랏일을 정할 때 국민들에게 직접 의견을 물어보지 않는 거

야? 그리고 시장과 시 의원은 왜 나눠 뽑는 거야? 학교에선 반장만

뽑으면 되니까 편하고 좋은데. 그리고 결정할 일이 있으면 학급 회의

처럼 다수결로 하면 되지. 참, 어른들은 이해할 수가 없네.'

이런 생각을 하며 공책을 들여다보던 민후는 어느새 잠이 들었어

요. 그리고 이런저런 생각을 하다 잠이 들어서인지 아주 선명한 꿈을

꾸게 되었어요.

꿈속에서 민후는 숲 속을 헤매고 있었어요. 갑자기 나무들 사이로

다급한 목소리가 들려왔어요.

"아이고, 늦잠을 잤네! 또 늦고 말았어!"

놀랍게도 목소리의 주인공은 사람이 아니라 곰이었어요. 민후는

깜짝 놀랐지요.

'으악! 잡아먹히는 거 아니야?'

그런데 곰은 벌벌 떨고 있는 민후를 지나쳐 그냥 가 버렸어요. 이

상한 일은 그게 끝이 아니었어요. 그 후에도 수많은 동물이 늦었다고

외치며 민후의 곁을 지나쳐 가는 것이었어요. 민후는 대체 무슨 일인

지 궁금해져 동물들을 따라가 보았어요.

한참을 달려간 동물들은 숲 속의 공터에 모였어요. 육식 동물, 초식 동물 가릴 것 없이 한자리에 모여 있는 것이 신기했지요. 그런데 동물들은 하나같이 무언가를 기다리는 듯 초조하게 발을 동동 구르고 있었어요.

"아직 반도 안 왔네! 이러다 회의를 시작할 수 있겠어?"

"기다려 보자고. 매번 우리가 못 참고 가 버리는 바람에 숲 북쪽에 심을 나무를 아직도 정하지 못했잖아. 벌써 4년째 아무것도 못 심고 있으니, 참!"

동물들은 무슨 회의를 하려는 것 같았어요.

"사슴은 오다가 다리를 다쳐서 내일 아침쯤 도착할 수 있대. 고슴도치는 아직 겨울잠에서 못 깨어났다고 하고. 그리고 또 종달새는 엊그제 갑자기 알을 낳아서……."

"어휴! 이번에도 다 모이기는 틀렸네. 한 달 후에 봄이 되면 누가 먼저 개울물에 목욕할지도 정해야 하는데 또 모일 일이 걱정이네."

너구리의 한숨에 호랑이가 버럭 짜증을 냈어요.

"아, 그냥 아무나 오는 순서대로 씻지 뭐! 일주일에 한 번씩 이 먼

곳까지 회의하러 오느라 일을 못하겠어!"

"작년에도 서로 먼저 목욕을 하겠다고 몰려드는 바람에 개울이 다 흙탕물이 돼 버린 거 기억 안 나요? 순서를 정해야 한다고요."

'모든 동물이 모이는 건 쉽지 않은 일인가 보구나.'

동물들의 이야기를 들은 민후가 생각했어요. 그리고 자기도 모르게 동물들의 이야기에 끼어들었지요.

"모든 문제를 다 모여서 정할 필요는 없잖아."

동물들은 일제히 민후를 돌아보았어요. 민후는 조금 당황했지만 말을 이었어요.

"물론 모든 문제를 직접 투표해서 결정하면 좋겠지만 너무 번거로워 보여. 그러니까 너희 모두를 위해 여러 가지 문제를 대신 결정해 줄 대표자를 뽑는 게 어때? 투표로 말이야."

민후는 사람들 세계에서는 그렇게 하고 있다고 설명했어요.

"흠, 대표자를 뽑을 때 한 번만 모여 투표를 하면 되니까 문제가 있을 때마다 매번 다 모이지 않아도 되겠군. 그거 괜찮은 생각인데?"

동물들은 저마다 고개를 끄덕였어요. 그 대표자가 일을 잘해 주기만 한다면 시도 때도 없이 모여야 하는 불편은 없어질 테니까요. 동물들은 좋은 아이디어를 준 민후에게 고마워했어요.

기분 좋게 꿈에서 깬 민후는 자기 전에 들여다보던 공책을 다시 보았어요.

'아, 대의 민주주의 제도가 생긴 이유는 매번 모든 국민들이 모일 수 없어서구나.'

민후는 이제 좋은 대표자를 뽑기만 한다면 동물들이 편하게 살아갈 수 있을 거라고 생각했어요.

그런데 며칠 후, 민후의 꿈속에 또 동물들이 찾아왔어요. 예전에 민후의 말을 듣고 뽑은 대표자인 호랑이 때문이었지요. 동물들은 울상이 되어 말했어요.

"호랑이가 자기 편한 대로만 규칙을 정하지 뭐야! 그리고 어떤 때는 자기가 그 규칙을 막 어기기도 한다고."

"게다가 규칙을 어겨도 어떤 동물은 처벌을 하고 어떤 동물은 그냥 봐주니까 너무 억울해!"

동물들은 입을 모아 호랑이에 대한 불만을 쏟아 냈어요. 그러면서 대표자를 뽑는 건 민후가 낸 아이디어이니, 이 문제의 해결책도 찾아 주면 좋겠다고 말했어요. 민후는 괜히 미안한 마음이 들어 좋은 방법을 생각해 봤지요.

"규칙도 호랑이가 정하고 처벌하는 것도 호랑이가 한다고? 혹시 호랑이한테만 너무 많은 권한을 준 게 아닐까?"

민후의 말에 동물들은 생각에 잠겼어요. 그러고 보니 규칙을 정하는 것도, 규칙을 어긴 동물을 잡아가는 것도, 누구에게 어떤 벌을 줄지 정하는 것도 호랑이였어요. 호랑이만 너무 강한 힘을 가지게 된 것이었지요.

"생각해 보니 그렇네. 그럼 이제 어떻게 해야 하지?"

"동물들의 대표를 맡은 호랑이가 일을 잘하는지 감시할 다른 동물을 정하는 게 어떨까?"

"호랑이가 규칙을 잘 지키는지 감시할 동물 말이니?"

"맞아. 그리고 호랑이가 규칙을 어기거나 마음대로 바꾸려고 할 때 못 하게 할 동물도 필요할 것 같아."

동물들은 저마다 생각을 말했어요. 모두 일리가 있는 의견이었지요. 이들은 권력을 여러 동물에게 나누어 주어 서로 견제하는 것이 좋겠다고 뜻을 모았어요. 그때 민후의 머릿속에 떠오르는 것이 있었어요. 사회 시간에 배웠던 삼권 분립이었어요. 민후는 이제 왜 정치 제도가 지금처럼 복잡한 형태가 되었는지 이해하게 됐어요. 더 편하고 정의로운 세상을 만들기 위해서 그렇게 발달한 것이라는 것을요.

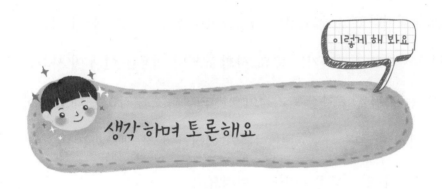

이렇게 해 봐요

생각하며 토론해요

사회 공부를 하다 보면 '왜 이렇게 정했을까?'라는 질문이 많이 떠오를 거예요. 사회는 사람들이 함께 살아가면서 정해 놓은 것들을 배우는 과목이고 그 내용은 시대에 따라 변하기도 해요. 사회 과목을 배우며 '왜 헌법은 법률, 조례보다 우위에 있지?', '왜 시장과 시 의원은 따로 뽑지?'와 같은 생각을 하는 것은 자연스러운 일이에요.

　우리가 사회 과목에서 배우는 내용들은 오늘날 우리 사회 상황에 맞는 것들이에요. 시대와 환경의 변화에 따라 미래의 사회 시간에는 다른 내용들을 배우게 될 수도 있어요. 실제로 과거에는 정보화 시대나 다문화 사회에 대한 내용들을 배우지 않았어요. 저출산, 고령화 사회의 문제보다는 인구 증가에 따른 문제를 배우기도 했지요. 과거에는 성공적이라고 소개되었던 토지 개발지가 환경 오염 등의 이유로 실패한 사례로 소개되기도 해요. 사회 교과의 내용은 현재 이 사회를 살아가는 사람들이 가장 합리적이고 정의롭다고 생각하는 대로 변화해요. 다시 말하면 이 사회의 일원인 여러분이 잘 생각해 보면 충분히 이해할 수 있는 내용이라는 것이지요.

　그런데도 사회에서 배우는 어떤 개념은 한두 줄의 설명만으로는 이해가 가지 않아요. 그럴 때에는 그냥 외우고 넘어가기 보다는 '왜 그렇게 정했을까?'라고 생각해 보는 시간을 가져 보세요. 모든 제도와 사상, 이론 등은 이유 없이 만들어지지 않았어요. 앞서 살아간 사람들이 많은 생각과 시행착오를 거듭하면서 찾은 방법들이니까요.

또 사회 과목에서 어려웠던 개념을 주제로 정해 친구들과 토론을 해 보면 큰 도움이 될 거예요. 꼭 찬반 토론이 아니어도 좋아요. 토론을 하려면 참고서와 여러 책, 인터넷 사이트 등을 통해 많은 자료를 수집해야 해요. 여러 가지 자료를 살펴보면, 이미 그 주제에 대해 치열하게 고민했던 전문가들의 생각을 알 수 있어요. 그것을 토대로 자신의 생각을 정리해 보고, 친구들의 의견 속에서 자신이 미처 생각하지 못했던 점도 발견해 보세요. 그러다 보면 어려웠던 사회 개념들이 확실히 이해가 될 거랍니다.

경제는
재미없어요

7

"다녀왔습니다."

정아가 현관에 들어서며 인사를 드렸어요. 그런데 엄마가 반겨 주시는 소리가 들리지 않았어요. 정아는 곧바로 안방으로 가 보았어요.

"어? 정아 왔구나. 어머, 시간이 벌써 이렇게 되었네."

탁자 위에 가계부와 계산기, 그리고 영수증들이 수북하게 놓여 있었어요. 엄마는 이번 달에 쓴 생활비 계산을 하느라 정아가 온 것도 몰랐다고 하셨어요.

"무얼 그렇게 열심히 계산하시는데요?"

"이번 달에 우리 집의 지출이 많이 늘었는데, 평소보다 어떤 것을 더 많이 쓴 건지 확인해 보고 있지."

가계부에 쭉 나열된 항목과 숫자들을 보자 정아는 눈앞이 팽팽 도는 것 같았어요. 정기 적금 50만 원, 펀드 25만 원, 보험 20만 원……. 수많은 숫자와 어려운 이름들은 보기만 해도 머리가 아플 지경이었지요. 정아는 엄살을 부리듯 말했어요.

"어휴, 계산하는 게 너무 복잡하고 어려워 보여요. 나중에 제 가계부도 엄마가 대신 써 주시면 안 돼요?"

정아의 말에 엄마는 웃음을 터뜨리셨어요.

"네 가계부를 왜 엄마가 써 주니? 네가 사회 시간에 잘 배워서 써야지. 알뜰하게 돈 쓰는 법도 배우고 말이야."

그리고 보니 요즘 사회 시간에 가정 경제와 현명한 소비에 대해 배우고 있긴 했어요. 하지만 정아는 사회의 다른 단원에 비해 경제와 관련된 단원이 유독 재미없었어요.

"배워도 어렵단 말이에요. 돈을 아끼는 건 자신 있는데, 가계부를

쓰는 거나 저축

같은 건 그냥 모르고 살면 안 되

는 거예요?"

"엄마도 학교 다닐 때 사회 과목에서 경제를 가장

어려워했어. 물론 지금도 증권 시장 뉴스 같은 것은 이해하지

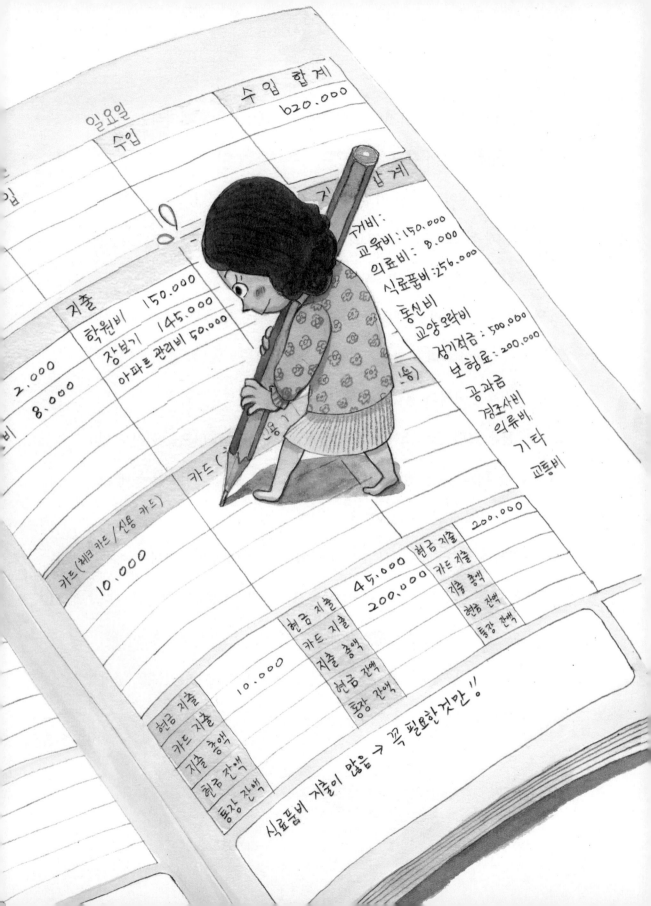

못할 때도 많단다. 하지만 나의 소득과 지출, 저축을 관리하는 법 정도는 배워 두어야 하지 않을까?"

엄마는 정아가 마침 가정 경제에 대해 배우고 있다고 하니 가계부를 함께 써 보자고 하셨어요. 정아는 재미가 없을 것 같았지만 하는 수 없이 엄마 곁에 앉았지요.

엄마는 가정의 경제를 잘 꾸리기 위해서는 소득과 지출을 정확하게 파악해야 한다고 말씀하셨어요.

"소득은 아빠의 월급만 쓰는 거지요?"

"물론 그런 근로 소득도 있지만 적금과 펀드에서 나오는 이자도 있고, 아래층의 작은 방을 빌려 주고 받는 월세, 텃밭의 허브를 동네 아주머니들에게 판 수입도 있지."

정아는 오늘 배운 재산 소득과 사업 소득에 대해 떠올랐어요. 재산 소득은 저축이나 부동산 등 이미 가진 재산을 이용해서 얻는 소득이라고 해서 정아에게는 생소하게 느껴졌지요. 그런데 엄마의 이야기를 듣고 보니 정아네 집에서도 재산 소득이 발생하고 있었어요. 정아는 엄마의 설명에 점점 흥미가 생겼어요.

"그럼 지출은요? 물건을 사고 받은 영수증에 적힌 금액을 다 더하면 그게 지출 아니에요?"

"틀린 말은 아니야. 하지만 그냥 무턱대고 모두 더하면 어떤 비용이 얼마나 늘었는지, 줄일 수 있는 비용은 없는지를 파악할 수가 없단다. 게다가 가정에서 돈이 나갈 일은 지출 말고도 있는걸? 저축이나 투자 같은 것 말이야."

엄마는 쌓여 있는 영수증들을 지출의 성격에 따라 나누자고 하셨어요.

"관리비랑 화장실 수리 영수증은 주거비 쪽에 놓고, 정아와 정민이 참고서 영수증은 교육비 쪽에, 아빠가 병원에 가서 쓴 금액의 영수증은 의료비에 넣자."

"그런데 오빠가 학교 다닐 때 쓰는 교통 카드는 영수증을 따로 주지 않던데요?"

"빼먹고 계산할 뻔 했는데 정아가 잘 짚어 줬네. 그러고 보니 매달 자동으로 나가는 휴대 전화와 인터넷 요금도 써야겠구나. 그런 비용들을 통틀어 교통·통신비라고 한단다."

엄마는 전기·가스·수도 요금도 합하여 계산해 가계부에 적으셨어요. 마트나 식당에서 쓴 돈은 식료품비로, 잡지 구독료와 영화 관람료는 교양·오락비로 분류하셨지요. 1년 새에 키가 훌쩍 자란 오빠와 정아의 옷을 산 금액은 의류비라고 하셨어요. 할머니의 생신을 준비하느라 쓴 돈은 경조사비로 따로 정리했지요. 이렇게 지출을 분류별로 나누고 보니, 다른 달보다 식료품비와 의료비가 많이 늘었다는 것을 한눈에 알 수가 있었어요.

"이렇게 보니 어떤 비용이 늘고 줄었는지 알아보기 편하네요!"

정아가 신기한 듯 가계부를 살펴보며 말했어요.

"이렇게 가계부를 정리해 보면 속으로 대충 가늠해 보는 것보다 훨씬 정확한 분석과 기록이 가능하단다. 그래서 정말로 줄여야 할 소비가 무엇인지 알 수 있어. 이번 달은 외식을 좀 과하게 한 것 같구나."

"다음 달에는 조금 줄여야겠어요. 의료비도 많이 들었는데 그것도 줄여야 할까요?"

"마음먹은 대로 건강해질 수 있다면 정말 좋겠지. 하지만 의료비는 우리 의지로 줄이거나 늘릴 수 있는 것이 아니니까 다른 항목에서 더 절약을 할 수밖에 없단다."

정아의 생각에는 의류비도 줄일 수 있을 것 같았어요. 하지만 아파트 관리비나 출퇴근 교통비 같은 것은 줄이기가 어려워 보였어요. 그렇게 지출 항목들의 중요도를 따져 보니 무엇을 얼마나 줄여야 하는지 알 수 있었어요.

이어서 엄마는 저축과 투자를 얼마나 하셨는지도 정리하셨어요. 정아는 옆에서 정기 적금과 정기 예금이 어떻게 다른지 설명을 들었지요. 일정 기간 동안 돈을 맡기는 것은 같았어요. 하지만 적금은 매달 일정한 돈을 맡기는 것이고, 예금은 처음부터 많은 돈을 한꺼번에 맡기는 점이 달랐어요. 펀드는 정아네가 맡긴 돈으로 전문가가 대신 투자해 주는 거래요. 때문에 저축보다 큰 수익이 날 수도 있지만 손실이 생길 수도 있는 거라고 하셨어요.

"우리가 가입한 펀드가 저번 달에는 10만 원쯤 손실이 났네."

실제로 무언가를 산 금액은 아니지만 엄마는 그것도 가계부에 적어 두셨어요.

엄마와 함께 가계부를 정리하고 나자, 정아는 가계부를 적는 것이 얼마나 중요한 일인지 느끼게 되었어요. 만약에 가계부를 적지 않았다면 식구들은 식료품비가 아닌 다른 비용을 줄이려고 애썼을지도 몰라요. 다른 비용은 애초부터 낭비되고 있지 않았기 때문에 줄이는 것은 그만큼 어려웠을 거예요. 다른 달보다 총 소득이 늘었다는 것을 알고 보람을 느낄 수 있는 것도 다 가계부를 정리한 덕분이었지요.

"가계부의 항목을 나누는 것이 어려울 줄 알았는데 막상 해 보니까 그렇지도 않은 것 같아요. 덧셈, 뺄셈하는 것은 조금 복잡해도, 하고 나니 좋은 점이 참 많아요."

엄마는 정아가 경제 공부에 대한 두려움을 떨쳐 낸 것을 축하해 주셨어요. 기념으로 정아가 어린이 펀드를 들 수 있도록 도와주기로 하셨지요. 펀드에 가입하면 자신의 소득과 지출 뿐 아니라 기업과 정부의 경제 활동에도 자연스럽게 관심을 가질 수 있을 거라고 하셨어요.

어른들처럼 경제 활동에 참여한다고 생각하니 정아는 무척 설렜어요. 펀드에 대해 엄마와 더 공부해 본 후, 경제 발전 가능성이 큰 중국과 인도에 투자하는 펀드에 가입하기로 결정했어요. 사회 단원 중 경제를 가장 싫어했는데 이제 세계 경제에까지 관심을 가지게 되다니, 정아 스스로도 놀랐답니다.

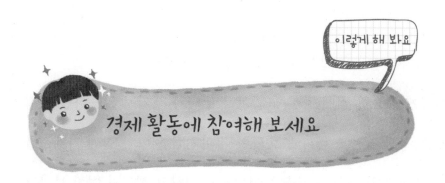

경제 활동에 참여해 보세요

이렇게 해 봐요

사회 시간 중 유독 경제를 지루하게 느끼는 학생들이 있어요. 돈 관리가 초등학생에게 크게 관심 가는 활동이 아니기 때문이에요. 의욕적으로 용돈 기입장을 써 보기로 마음먹었다가 얼마 안 가 포기해 버리기도 해요. 어른들처럼 큰 소득이 있는 것도 아닌데 일일이 따져 가며 지출을 하려니 피곤하게 느껴지는 것도 무리는 아니지요.

소득이 없는 학생들이 일찍부터 경제에 대해 배워야 하는 이유는 무엇일까요? 경제관념이란 소득이 생겼다고 해서 갑자기 생기는 것이 아니기 때문이에요. 여러분이 준비물을 사고, 집에서 밥을 먹고, 휴대 전화를 사용하는 등의 모든 활동은 소비와 연관이 되어 있어요. 지금의 소비 습관은 나중이 되어도 자신의 소득에 맞게 저절로 바뀌지 않아요. 그래서 일찍부터 가진 돈을 어떻게 사용할 것인지 계획하고 분석하는 습관을 길러 주는 것이 중요하지요.

이렇게 중요한 경제 공부에 좀처럼 흥미가 생기지 않는다면 간접적으로 경제 활동에 참여해 보세요. 정아처럼 엄마와 함께 가계부를 써 보며 집안의 수입과 지출을 어떻게 관리하고 계신지 여쭤 보아도 좋겠지요.

그런데 가계부를 보면 왜 소득과 지출의 과정에 복잡한 이름을 붙이고 항목을 나눠야 하는지 궁금해지지 않나요? 소득은 근로 소득, 사업 소득, 재산 소득으로 구분하고 가계의 지출 역시 식료품비, 주거비, 교통·통신비 등 많은 항목으로 나누지요. 소비를 할 때는 동일한 품목의 여러 상품의 정보를 살펴보아야 하고, 같은 돈으로 할 수 있는 다른 일과도 그 가치를 비교해 봐야 한다고 배워요. 그런데 이렇게 소득과 지출의 종류를 따지고 원칙을 다시 생각해 보는 것이 과연 우리에게 어떤 도움이 되는 걸까요?

실제로 돈이 들어오고 나가는 것을 살펴보면 우리가 머릿속으로 계산하는 것과 실제 씀씀이가 다른 것을 알 수 있어요. 가끔 사 먹는다고 생각했던 군것질이 용돈 소비의 대부분을 차지하고 있었다든가, 적다고 생각했던 용돈이 사실 세뱃돈보다 훨씬 큰 수입원이었다든가 하는 것들이에요. 이러한 사실들을 알고 나면 줄여야 할 소비가 무엇인지, 어떤 수입을 어떻게 분배해서 써야 할지 더 정확한 계획을 세울 수 있게 되지요. 그렇게 절약한 돈으로 저축까지 한다면 경제를 공부하지 않았을 때보다 훨씬 효율적으로 용돈을 쓸 수 있겠지요?

이미 자신의 용돈 관리를 훌륭하게 하고 있다면 자신만의 저축이나 투자에 도전해 보세요. 은행과 투자 전문 회사에서는 어린이들을 위한 금융 상품도 다루고 있어요. 직접 금융 상품을 조사하거나 추천을 받아 적극적으로 경제 활동에 참여하다 보면 경제 공부가 한층 흥미진진하게 느껴질 거예요.

엄마 아빠가 읽어요

한국열린교육학회 성용구 회장님의
〈생활 속의 사회 공부법〉

1

• 사회는 탐구하는 과목이에요

사회는 학생들을 훌륭한 민주 시민으로 길러 내는 것을 목표로 하는 과목입니다. 인간은 혼자서는 살아갈 수 없는 사회적 존재이며, 따라서 다른 사람들과 좋은 관계를 유지하는 것은 행복하게 살아가는 데 무엇보다 중요한 삶의 기술이라 할 수 있습니다. 크게 보면 사회 과목의 목적은 이러한 삶의 기술을 배우고 연구하며 함께 개발해 나가는 데 있다고 할 수 있습니다.

그러기 위해서 사회 과목은 사회 생활에 관련된 지식을 가르치고 민주 사회에서 살아가는 것에 필요한 기능들을 익히게 합니다. 인류가 그간 사회를 이루고 살아오면서 겪었던 경험과 인간 사회에 영향을 주는 다양한 환경, 세계 각 문명의 발자취 등 배울 내용이 유난히 많은 과목이기도 합니다.

배우고 외워야 할 내용이 많다 보니 사회는 암기 과목으로 생각되기 쉽습니다. 하지만 사회 과목의 또 하나의 주요 목표는 사회 현상과 문제를 바르게 인식하고 정의롭고 합리적인 방법으로 그것들을 해결할 수 있는 능력을 길러 주는 것입니다. 우리 아이들이 사회 과목을 배우는 이유는 더불어 살아가기 위해 필요한 지식을 바탕으로 인권을 존중하고, 관용과 타협의 정신 등을 배워 장차 이 사회와 인류에 도움을 주는 인재가 되기 위함입니다.

그렇기에 아이들에게 사회를 가르칠 때에는 단순히 지리, 경제, 사회 문화, 역사 등에 관한 지식을 전달하는 것으로는 부족합니다. 배우는 개념들을 충분히 이해하고 그 원리를 탐구할 수 있는 능력을 길러 주어야 합니다.

'왜?'라고 묻고 '어떻게?'를 탐구하는 습관을 길러 주십시오. 특히 사회 과목처럼 다양한 대답이 가능한 주제들에 대해서는 스스로 '왜 그럴까?'라는 질문을 갖지 않으면, 모범 답안을 찾는 데 급급하게 되고 그저 사회 과목을 암기 과목이라 생각하게 합니다. 스스로 탐구하지 않고 기계적인 답안만 외운다면 창의적이고 다양한 사고의 능력은 길러지지 않습니다.

특히 처음 배우는 사회 개념을 학습할 때에는 아이들이 '왜 이렇게 되었을까?'라는 의문을 갖고 스스로 생각해 볼 수 있도록 도와주십시오. 예를 들어 지방 자치 제도라는 새로운 개념이 나왔을 때, 그 어려운 용어를 잘 외울 수 있을까 걱정하지 말고, 지방 자치 제도의 목적과 실제 효과 등에 대해 생각해 보는 시간을 가져 볼 수 있습니다. 무엇보다 아이와 함께 '지방'이나 '자치'라는 말의 뜻을 찾는 것으로 시작할 수도 있습니다.

"지방이란 원래 수도 이외의 지역이나 어느 한 방면의 땅과 같은 뜻을 가지고 있지만 여기서는 시나 도같이 행정 단위에 의해 구분된 지방 단체를 뜻하는 거야. 지방 단체라는 말은 국가 전체의 일을 처리하는 중앙 정부라는 말에 대응하는 의미로 쓰이기도 하지. 자치는 자기 일을 스스로 처리한다는 뜻인데, 여기서는 법에 의해 중앙 정부의 지배를 받지 않고 지방 단체 스스로 뽑은 의회의 결정에 따라 행정 업무를 처리하는 것을 뜻한단다.”

이렇게 용어의 뜻을 가르쳐 준 뒤, 그 개념에 대해 더 깊이 생각해 보도록 유도해 주어야 합니다. 지방 단체의 자치는 왜 필요한 것이며, 중앙 정부가 모든 권한을 행사하는 중앙 집권제에 비해 나은 점과 불편한 점은 각기 무엇일까를 생각해 보게 합니다. 모든 제도에는 장단점이 있게 마련이므로, 아이들 스스로가 좋은 점과 불편한 점을 생각해 보고 발견할 수도 있을 것입니다.

또 사회나 정치 등에 많은 배경지식이 없는 아이들이 추측하기 어려운 문제들에 대해 이야기할 때에는 추가로 읽을거리를 제공해 주는 것이 좋습니다. 생각을 확장해 나가면서 지식의 양도 늘려 준다면 그 지식은 온전히 아이의 것이 될 것입니다.

이렇게 배운 사회 개념을 적용하여 실생활에서 일어나는 문제들을 분석하고 해결해 보는 방법으로 확장할 수 있습니다. 아이들과 익숙한 상황과 문제들에 대해 토론해 보는 시간을 가져 보십시오.

▶ 학교의 급식비는 지방 자치 단체에서 지원하는 게 좋을까, 아니면 중앙 정부에서 지원하는 게 좋을까?

▶ 농어촌 지역에서 학생이 부족해 초등학교를 통폐합하려고 한다. 어떻게 의견을 모으는 게 좋을까?

이처럼 아이들이 관심을 가질 수 있는 주제들에 대해 함께 토론을 해 보십시오. 감정적이고 주관적인 표현보다는 사회 과목에서 배운

개념들을 활용해 논지를 뒷받침할 수 있게 도와주십시오. 합리적이

고 올바른 문제 해결 능력이 길러질 뿐 아니라, 요즘 입시에서 강조

되고 있는 논술 대비에도 더없이 좋은 훈련이 될 것입니다.

2

뉴스나 인터넷 등의 매체들은 아이들이 이 사회에 대해 인지하는 것에 큰 영향을 미칩니다. 아이들이 있는 자리에서 오가는 어른들의 대화도 마찬가지입니다. 뉴스, 인터넷, 대화 속에서 언급되는 다양한 사회적 사건에 대해 아이들이 궁금증을 갖는 것은 자연스러운 일입니다.

그런데 아이들이 사회 문제들을 물어볼 때 부모님들은 어떻게 알려 주고 계십니까? 어린아이가 이해하지 못할 거라는 생각에, 또는 알아서 좋을 내용이 아니라고 생각해 대충 돌려서 이야기해 주는 경우가 종종 있을 것입니다.

만약 아이가 생활 속에서 접하게 되는 사회 문제에 관심을 가지고 질문을 한다면 최대한 성심껏 설명해 주십시오. 오늘날의 사회 과목은 비교적 실질적이고 깊이 있는 내용들을 가르치고 있습니다. 특히 고학년이 되면 역사적, 지리적인 지식뿐 아니라 현대 사회의 변화로 인해 일어나는 문제들에 대해서도 사회 교과 과정에서 배우게 됩니다. 여러 가지 사회적인 이슈에 대해서 생각해 보는 것은 교실에서 학습했던 사회 지식을 되짚고 활용할 수 있는 좋은 기회입니다.

또한 요즘은 인터넷과 통신의 발달로 아이들의 정보 접근성이 대단히 높아지고 있습니다. 아이들은 어른들이 가르쳐 주는 것 이상의 것들을 인터넷을 통해 터득합니다. 그중에는 부모님이 가르쳐 주는 것보다 정확한 지식도 있지만 반대로 비전문가들에 의해 쓰여진 잘못된 정보도 많습니다. 만약 아이가 궁금해하는 어떤 문제에 대해 부모님이 올바른 설명을 해 주지 않는다면, 아이들은 잘못된 정보를 찾아보고 그대로 받아들일 수도 있습니다.

그러니 아이들의 궁금증에 성실하게 답변하려고 노력해 주십시오. '설명해 준다고 이해할 수 있을까?'라는 걱정보다는 '조금만 설명해 주면 충분히 이해할 수 있을 거야.'라는 확신을 가지십시오. 부모님이 생각했던 것보다 수준 높은 사고를 하는 아이들의 모습에 오히려 놀라실 수도 있을 것입니다.

또 아이들이 때로는 부모님도 자세히 모르는 사회 지식에 대해 질문을 해 올 경우도 있을 것입니다. '클라우드 서버가 뭐야?', '메르켈 총리의 훌륭한 점은 뭐야?'와 같이 새로운 기술이나 부모님이 자세히 알지 못하는 사건에 대해 질문을 해도 당황하지 마십시오. 그럴 때에는 '엄마(아빠)도 궁금하니 같이 찾아보자.'는 적극적인 자세를 보여 주십시오.

아이들의 질문에 대해 정답을 주거나 해결책을 가르쳐 줘야 한다는 강박감을 가질 필요도 없습니다. 이러한 권위 의식을 내려놓고, '아이와 함께' 답을 알아보자는 태도를 가진다면, 어떠한 질문이든 즐거운 탐구 과제가 될 것입니다. 함께 책과 인터넷을 통해 조사하고, 그것에 대해 토론하며 답을 찾아 나가는 과정 자체가 아이들에게는 적극적인 공부 습관을 기르는 좋은 기회입니다.

　엄마, 아빠도 잘 모르는 문제를 아이가 질문해 올 때 "엄마도 그건 잘 모르겠는데, 네가 한번 알아보고 가르쳐 주겠니?"라고 말하는 것도 좋은 방법입니다. 자기가 공부한 것을 누군가에게 가르쳐 주는 것은 공부를 위한 훌륭한 동기 유발이 되기 때문입니다. 남에게 가르쳐 주기 위해서는 혼자서 읽고 이해할 때보다 훨씬 더 정확하게 내용을 알아야 하고, 그것을 설명하면서 스스로의 머릿속에서도 좀 더 잘 정리돼 오래 기억되는 효과가 있습니다. 아이들의 성격에 따라서는 남에게 가르쳐 주는 방식을 취할 때 자신의 학습 능률이 극대화되는 경우도 있습니다.

　아이가 열심히 내용을 조사해서 가르쳐 주려고 할 때 진지하게 들어 주는 일은 매우 중요합니다. 만일 '조사해서 가르쳐 주겠니?'라고 말해 놓고, 아이가 조사한 내용을 들으려 하지 않는다면, 앞에 한 말은 그저 질문하는 아이가 귀찮아서 떼 놓기 위해 마음에도 없는 말을 한 것에 불과하게 됩니다. 아이는 곧 질문에 흥미를 잃고 공부를 귀찮아 하는 아이가 될 것입니다. 또 이로 인하여 서로에 대해 '약속을 지키지 않는 아이, 약속을 지키지 않는 부모'라는 느낌이 생긴다면 서로에 대한 신뢰도 서서히 줄어들지 모릅니다.

아이가 조사한 내용을 들려 줄 때 부모님이 알고 있는 것을 조금씩 덧붙여 그 지식을 보충해 주는 것이 좋습니다. 조사가 부족한 부분에 대해 적절한 질문을 던져서 빠진 내용에 대해서도 관심을 갖도록 이끌어 주는 것도 좋은 방법입니다. 다만 아이에게 부담이 될 정도로 너무 어렵거나 전문적인 질문을 던지면 아이가 지레 포기하게 될 수도 있습니다. 그러니 즐겁게 대답하거나 흥미를 갖고 추가로 조사할 수 있는 간단한 질문을 던진다면 아이는 그 경험을 바탕으로 모든 탐구 활동에 적극적인 성격으로 자라날 것입니다.

3

• 평소에 공부할 수 있게 도와주세요

학교에서 크고 작은 시험이 다가오면 아이들과 부모님 모두 바빠집니다. 평소에 예습, 복습을 따로 하지 않았던 과목들을 다시 보느라 많은 시간과 노력을 들이곤 합니다. 저학년 때는 이렇게 시험 직전에 몰아서 공부해도 무리가 없었지만, 학년이 올라갈수록 각 과목에서 배우는 양이 많아져 어려움을 느끼게 됩니다. 때문에 다음 시험에서는 더욱 일찍 시험 준비를 시작하기로 결심도 하지만, 변하는 게 쉽지는 않습니다.

'공부는 습관이다.'라는 말이 있습니다. 학습 능력은 습관에 달려 있다는 뜻이지요. 그만큼 아이가 공부 시간을 효율적으로 관리하는 습관을 갖는 것이 중요합니다. 학년이 올라갈수록 배우는 과목의 수는 많아지고, 그에 따라 공부 시간의 분배에도 전략이 필요하기 때문입니다.

많은 선생님과 우등생들이 꾸준한 예습, 복습의 중요성을 강조해

왔습니다. 평소부터 꾸준히 예습 및 복습을 해 두는 것이 결과적으로는 공부 시간을 절약해 줄 뿐만 아니라, 공부한 내용을 잘 기억할 수 있게 해 준다고 강조합니다.

예습은 수업 시간에 집중력을 높여 주고 배우는 내용의 습득 효율성도 크게 높여 줍니다. 그날 배울 것에 대해 간단하게 알고만 있어도 수업에 집중하는 정도와 흥미를 가지는 태도에 큰 영향을 줍니다. 그렇기 때문에 보통 학생과 우등생의 차이는 예습 여부에 있다고 할 정도로 예습은 중요합니다.

특히 다른 과목보다도 사회와 같이 탐구하고 이해하는 과목일수록 예습의 효과는 그 빛을 발하게 됩니다. 예습을 한 아이들은 수업 내용을 더 집중해서 듣고 쉽게 이해할 수 있습니다. 또한 해당 교과에 대한 적극성과 자신감을 갖고, 스스로 주도적으로 학습을 하게 됩니다.

복습 역시 예습만큼 중요합니다. 복습의 효과는 '헤르만 에빙하우스의 망각 곡선 그래프'와 함께 수많은 매체에서 보도됐습니다. 인간의 기억력과 망각에 관해 연구했던 심리학자 헤르만 에빙하우스는 우리가 처음 학습한 후 시간이 지나면서 점점 공부했던 내용이 머릿속에서 사라지게 되는데, 망각하는 속도가 가장 빠른 때는 학습 후 하루가 지날 때까지라고 주장했습니다. 때문에 학습을 한 후 하루 이내, 최대한 빨리 복습을 한다면 이후에 복습을 할 때보다 훨씬 쉽게 기억할 수 있게 된다고 합니다. 또한 반복하여 복습을 해 준다면 그 학습 내용은 장기 기억으로 바뀔 수도 있습니다. 가장 바람직한 것은 처음 학습하고 10분 후, 1일 후, 1주일 후, 1달 후 이렇게 4회 복습을 하는 것이라고 합니다. 시험 기간에 책이 닳도록 밑줄을 그으며 외워도, 막상 시험을 칠 때는 급하게 외운 사회 과목의 내용들이 헷갈리기 일쑤입니다. 만약 4회의 전략적인 복습을 통해 장기 기억으로 만들어 놓는다면 시험 시간에 헷갈려서 고민하는 일도 적어질 것입니다.

이렇게 교과 내용을 예습, 복습할 뿐만 아니라 평소에 생활 속에서 사회 공부를 하는 것도 좋습니다. 예를 들어, 사회 실력 향상에 필수적인 배경 지식을 쌓기 위해 독서나 신문 스크랩, 한자 공부 등도 할 수 있습니다. 이렇게 사회 학습을 하는 것이 습관화된다면 보다 편하게 시험 기간에 사회 과목을 공부할 수 있고, 그만큼 만족할 만한 결과를 얻을 수 있을 것입니다.

4

• '오답 선생님'이 되어 주세요

　최근의 사회 과목은 단순히 용어의 뜻을 알고 암기했는지를 평가
하지 않습니다. 수업 시간에 배운 개념들을 완전히 이해하여 상황에
따라 바르게 활용할 수 있는지를 평가합니다. 최근 사회 교과의 학습
목표는 탐구력과 문제 해결 능력 등이 강조되고 있기 때문에 앞으로
의 사회 평가는 더욱더 이러한 경향이 반영될 것입니다.

　사회가 암기 과목으로 생각되던 과거와는 달리 요즘에는 아이들이
사회 공부를 할 때 다양한 도움을 필요로 할 수 있습니다. 특히 틀린
문제를 다시 볼 때, 별도의 해설 없이 혼자 이해하기 어려운 경우가
많습니다. 때로는 틀린 문제의 정답을 한 번 훑어보고 다 이해했다고
할 수도 있지만, 비슷한 문제가 나오면 같은 오답 선택지를 다시 고
르기도 합니다. 오답이 잘못된 이유를 정확히 파악하지 못했기 때문
입니다.

　그럴 때에는 단순히 정답 선택지가 왜 정답인지를 읽어 보는 것만

으로는 부족합니다. 아이가 선택한 오답이 틀린 이유에 대해서 짚고 넘어가 줄 필요가 있습니다. 때로는 쉬운 말로 풀어서, 사회 교과에 대한 지식, 살아가면서 겪은 경험 등을 바탕으로 아이에게 맞춤 해설을 해 주어야 할 때가 있습니다. 그저 '혼자 힘으로 해결하라.'고 무조건 방치한다면 아이는 비슷한 패턴의 오답을 계속해서 고르며 점차 공부에 자신감을 잃어갈 수 있습니다.

아이와 틀린 문제를 함께 공부할 때에는 다음과 같은 점들을 확인하는 게 좋습니다. 문제에 등장한 용어와 개념들을 완벽하게 이해하는지, 질문이나 각 선택지가 뜻하는 바를 바르게 해석하는지, 문제의 답을 찾을 때 자신만의 주관적인 논리를 사용하지는 않는지 등을 확인해 보십시오.

이런 점들을 세세하게 물어 보며 오답 풀이를 하면 아이가 어떠한 부분이 취약한지도 알 수 있습니다. 공부를 하거나 문제를 풀 때 꼼

꼼하게 하는 편인지, 독해력이 나쁜 편인지, 논리력이 부족하지는 않은지를 파악할 수 있습니다. 함께 오답 풀이를 하며 아이의 약점과 장점을 분석한 뒤, 취약점은 보완하고 장점은 살려 주는 맞춤 지도를 해 나간다면 학습 능력은 더욱 향상될 것 입니다. 장기적으로 사회 탐구 영역에 강한 아이가 될 수 있도록 이끌어 주십시오.

아이들에게 있어서 사회 공부는 이전 세대들이 일구어 놓은 세계에 대해 배우는 과정이기도 합니다. 그렇기 때문에 사회 과목은 특히 아이들이 어른들의 도움을 필요로 하는 과목 중 하나입니다. 아이가 사회 과목을 열심히 공부하는데, 늘 아쉽게 몇 문제를 틀리고 만다면 부모님이 관심을 기울여 도와주십시오. 탄탄한 사회 실력을 기르는 데에 큰 도움이 될 것입니다.

5

● 의미 있는 가족 여행을 즐겨 보세요

여가의 소중함을 느끼는 사람들이 늘어나면서 최근에는 다양한 휴양 관광지들이 문을 열고 있습니다. 멋진 바다나 산 근처에도 다양한 테마의 오락 시설들이 가족 관광객들을 기다립니다.

그런데 이제는 매번 찾는 휴양 관광지보다는 의미 있는 여행을 떠나 보는 것은 어떨까요? 역사적 의미가 있는 유적지뿐 아니라 현대의 산업 현장, 바뀌어 가는 도시의 모습을 알 수 있는 장소도 사회 공부와 관련하여 의미 있는 견학의 장소가 될 수 있습니다. 다양한 주제의 박물관 역시 아이들의 호기심을 자극하여 사회 과목에 대한 흥미를 이끌어 내기에 좋습니다. 관심 있는 역사 속 인물들의 생가나 무덤, 기념관들을 찾아간다면 그들의 숨결을 더욱 생생하게 느낄 수 있을 것입니다.

그렇다면 사회 공부를 재미있게 만들어 줄 좋은 여행지는 어디일까요? 가족들이 함께 가볼 만한 답사 여행 장소들을 추천합니다.

⭐ 고궁과 왕릉들

서울에는 옛 도성을 둘러싸고 있던 서울 성곽과 4대문을 비롯하여 경복궁, 덕수궁, 창덕궁, 창경궁, 종묘 등 고궁과 왕실 유적들이 도심에 자리하고 있습니다.

임진왜란과 일제 강점기를 거치며 거의 없어지다시피 했던 경복궁은 1990년대 이후 복구와 복원 공사를 거듭하여 이제는 어느 정도 옛 위용을 되찾았습니다. 경복궁 안에는 국립 민속 박물관, 고궁 박물관도 있어 다양한 볼거리를 관람할 수 있습니다.

왕릉은 서울 외곽 지역에 주로 분포하고 있는데 서오릉, 서삼릉, 동구릉 등과 같이 여러 개의 능묘가 한 지역에 모여 있는 경우가 많습니다. 만약 사극을 보고 조선의 왕에 대해 관심이 생겼을 때, 그 왕의 능묘가 어디에 있는지 알아보고 찾아가면 막연한 왕릉 견학보다는 한결 깊이 있게 '참배의 의미'를 느낄 수 있습니다.

⭐ 청와대

　대통령의 관저인 청와대의 관람은 매주 화요일부터 금요일까지 초등학생 이상 견학이 가능합니다. 경복궁에서 출발하여 춘추관, 녹지원, 옛 경무대터, 소정원, 대통령 집무실이 있는 본관과 영빈관, 칠궁을 지나 분수대까지 1시간 30분 정도가 소요됩니다. 청와대 관람은 반드시 청와대 홈페이지에서 10일 이전에 사전 신청해야 합니다.

⭐ 인천 차이나타운

　19세기 개항기에 조성됐던 중국인들의 거리가 한중 수교를 재개한 이후 차이나타운으로 부활했습니다. 중국식 건축물과 중국인이 운영하는 식당들이 즐비하여 마치 중국에 와 있는 듯, 이국적인 거리 풍경을 느껴볼 수 있는 '작은 중국'입니다.

⭐ 강화 고인돌과 문화 유적들

강화도는 유난히 많은 고인돌이 있으며, 이곳 고인돌은 유네스코에 등재된 한국의 세계 유산이기도 합니다. 이곳에서는 해마다 4월이면 고인돌 축제가 열리고, 고인돌 공원에서는 선사 문화 체험을 즐길 수 있습니다.

또한 강화도에는 고조선 시대 족장들이 하늘에게 제사 지냈다는 마니산 참성단을 비롯하여 고려 시대 외적의 침입을 피하여 이곳으로 온 고려 왕들의 흔적과 당시 팔만대장경을 새긴 장소로 알려진 선원사지 등을 함께 돌아볼 수 있습니다.

⭐ 파주 헤이리 예술 마을과 출판 도시

헤이리는 박물관, 미술관, 공연장과 각종 예술 공방들이 들어선 문화 복합 공간으로 볼거리와 즐길거리가 즐비합니다. 마을을 설계할 때부터 예술·문화인만을 주민으로 받아들여 독특한 문화가 형성된 곳입니다.

출판 도시는 한강 하류 자유로변 48만 평에 조성된 출판 전문 문화 산업 단지입니다. 국내의 주요 출판사와 전시관들이 들어서 있으며, 상시 견학 프로그램과 함께 책방 거리 잔치, 어린이 책 잔치, 인문 학당 프로그램 등 입주 출판사들에 의한 행사가 연중 펼쳐지는 곳입니다.

★ 남한산성

서울 송파구와 경기도 성남시, 하남시, 광주시에 둘러싸인 역사 유적지로, 옛 백제의 시조인 온조왕의 궁터에서 시작하여 병자호란과 임진왜란 때의 호국 유적에 이르기까지 역사의 자취를 살필 수 있습니다. 경치가 아름답고 가벼운 산행에 알맞은 산책로부터 등산로까지 어우러져 가벼운 산행 나들이에도 적당한 곳입니다.

⭐ 새만금 테마 관광

세계 최대의 간척 사업을 통해 만들어진 새만금 방조제를 중심으로 테마 관광지가 탄생했습니다. 방조제 한가운데 있는 신시도에서 유람선을 탈 수 있고, 상설 공연과 해상 레저를 즐길 수 있습니다. 방조제 남쪽으로 국내 최고 절경을 자랑하는 변산반도 국립 공원이 있습니다. 격포항, 채석강, 내소사와 영화 촬영장 등이 있으며, 변산반도 남쪽으로 염전 마을과 언덕 아래 카페촌 등이 아름다운 정경을 이룹니다.

이중 많은 곳이 운영하고 있는 체험 프로그램에도 적극 참가해 본다면 아이들이 더욱 신이 날 것입니다. 각 홈페이지를 통해 가이드 투어를 비롯한 다양한 프로그램을 알아보고 예약해 보십시오. 아이들이 살아 있는 사회 공부를 할 수 있는 소중한 기회가 될 것입니다.

6

- 다양한 활동을 격려해 주세요

최근의 학교 수업은 아이들의 능동적인 참여를 이끌어 내기 위해 다양한 학습 활동을 권장하는 추세입니다. 지역과 사람들에 대해 배우는 사회 시간에도 답사나 조별 활동을 비롯한 다양한 형태의 과제를 내 주곤 합니다.

그런데 조 모임을 하거나 인터넷으로 자료를 뒤지면서 하루를 보내는 아이를 보면 부모님은 성급한 걱정이 앞서기도 합니다. 여러 과목 공부와 과제로 바쁜 아이가 그 과제 하나만을 붙들고 많은 시간을 보내기 때문입니다. 그런 아이를 보면 자기도 모르게 나서서 도와주기도 하고, 또는 이런 활동들을 힘들어 하는 아이의 투정 때문에 하는 수 없이 과제를 대신해 주는 경우도 있으실 것입니다.

하지만 시간을 들여 고민하고 스스로의 힘으로 과제를 해결하는 과정 전체가 사회 과목의 교육 목적과 연결돼 있다는 것을 이해해야 합니다. 자기 주도적으로 문제에 부딪히고 해결해 나가는 능력을 길러야 장차 사회의 일원으로 훌륭하게 성장해 나갈 수 있기 때문입니다.

아이가 주도적으로 무언가를 계획하고 완성해야 하는 과제들을 힘들어한다면 그것은 적신호입니다. 혹시 단순한 암기와 수동적인 문제 풀이에만 길들여져 있다면 자신감과 능동적인 태도를 길러 주기 위해 노력할 필요가 있습니다. 앞으로의 사회는 단순히 지식을 많이 아는 것보다 그것들을 융합하고 응용할 줄 아는 능력이 각광받는 시대이기 때문입니다.

각 대학에서도 이러한 추세를 반영하여 학생들의 자질을 다각적으로 평가하는 입시 전형을 신설하고 있습니다. 그중에서도 가장 열린 방식으로 아이들의 가능성을 평가하는 제도가 바로 입학 사정관 제도입니다. 입학 사정관 제도란, 평가 전문가인 입학 사정관들이 내신이나 수능 등의 점수로는 알 수 없는 잠재력과 소질, 가능성 등을 면밀히 살펴봄으로써 각 대학의 인재상이나 전공에 부합하는 학생들을 선발하는 제도입니다. 단순히 교과 점수가 높은 학생이 아니라 문제 해결 능력, 창의력, 리더십, 봉사 정신 등을 갖춘 학생들이 더 좋은 평가를 받습니다. 많은 대학이 미래 시대가 요구하는 창의적이고 적극적인 인재를 뽑기 위해 이러한 제도를 도입하고 있습니다.

사회도 대학도, 시험 점수만 높은 구시대적 인재보다는 창의적이고 적극적인 미래형 인재를 원하고 있는 것이 오늘날의 현실입니다. 그러니 아이들이 사회 시간에 수행하는 다양한 활동과 과제들을 즐겁게 수행할 수 있도록 지도해 주시기 바랍니다. 문제 해결이 어려워 좌절하려 할 때 곁에서 격려하고 다독여 주십시오. '물고기를 잡아 주지 말고, 물고기 잡는 방법을 가르치라.'는 탈무드의 격언을 다시금 되새겨 볼 때입니다.

어린이를 위한 습관의 힘 시리즈

탤리캣과 마법의 수학 나라 시리즈

말뜻을 알면 개념이 쏙쏙 잡히는 시리즈

세상을 바꾸는 멘토 시리즈